시간 낭비든, 돈 낭비든, 감정 낭비든
낭비하지 않는 우리들의 청춘을 위하여

오늘을,
감정을,
자신을

낭비하지
않겠습니다

오늘을,
감정을,
자신을

낭비하지
않겠습니다

김이현 지음

지식인하우스

어렸을 땐 감정 낭비를 참 많이도 했다. 감정을 낭비한다는 말은 아무리 생각을 많이 해도 바뀌지 않을 일에, 시간이 지나면 다 잊힐 일에, 멀리 그리고 길게 보면 인생에서 그다지 중요하지 않은 일에 생각을 쏟고 마음 에너지를 쓴다는 뜻이다.

그런 감정 낭비는 곧 시간 낭비로 이어졌다. 곧 사라져 버릴 걱정에도 많은 시간을 쏟아부었으니까. 신경이 쓰이는 일이 생기면 나도 모르게 계속 생각의 꼬리를 잡느라 현재를 놓치는 일이 많았다.

어쩌면 내가 잘못했던 것, 어쩌면 하지 말아야 했던 것, 어쩌면 그렇게 하지 않아도 될 것, 어쩌면 더 좋은 전개로 흘러갈 수 있었던 것들까지.

그 모든 것들을 뒤돌아보며 아쉬워하고, 후회하고, 걱정하고, 슬퍼하고, 우울해했던 것이다.

물론 거기에 돈 낭비까지 했던 적도 많았다. 지금 좀 우울하다고 기분 전환을 핑계 삼아 충동구매도 많이 했으니까.

그런데 어느 순간 문득 고민한다고 해서 바뀌지 않을 일을, 그리고 시간이 지나면 괜찮아질 일을, 내 인생에 중요하지 않은 일을, 나의 목표와 방향에 맞지 않는 일을 걱정하는 게 다 낭비가 아닌가 하는 생각이 들었다. 시간이 조금만 흘러도 '대체 내가 왜 그랬나.' 싶은 고민들이 되었으니.

"아, 별거 아니었는데 그땐 왜 그렇게 슬퍼했지. 왜 그렇게 시간과 마음을 많이 쏟았지. 차라리 그 시간에 현재에 더 충실했다면. 그 당시 내가 누리고 있었던 것들에 더 집중하고, 더 즐겼으면 좋았을 텐데."

어릴 땐 몰랐는데, 나이가 드니 전전긍긍하며 어떻게 하나 조바심을 냈던 예전 일들도 모두 감정 낭비였다는 생각이 든다. 아, 사실 나이가 들어서라기보다는 이런저런 일들을 겪은 후에 이럴 수도 있고 저럴 수도 있다는 걸 깨달아서겠지. 어떻게 보면 마음먹기에 따라 달라질 수 있는 일이 세상엔 참 많은 것 같다. 생각 하나 바꾸는 것이 낭비를 줄이는 좋은 방법이 되기도 한다는 걸 깨달았다.

청춘은 짧다. 웃고, 행복하고, 사랑하기에도 부족한 시간에 청춘을 낭비하지 말자. 이미 지나가 버린 과거와 아직 다가오지도 않은 미래 때문에, 지금의 소중한 순간을 낭비하지 않아야겠다.

과거를 후회하고 미래를 걱정하느라 곧 사라져 버릴 고민 따위에 시간을 낭비하지 말자. 어차피 나중엔 다 잘될 거고, 결국 결말은 해피엔딩일 테니.

오늘의 후회와 작별하며

김이현

낭비하지 않겠습니다

오늘을, 감정을, 자신을

CONTENTS

프롤로그 —— 004

Chapter 1
낭비하지 맙시다 —— 010
별거 아닌 일에
자신을

Chapter 2
낭비하지 맙시다 —— 106
엇갈린 인연에
감정을

Chapter 3
낭비하지 맙시다 —— 178
후회되는 어제에
오늘을

특별 부록 —— 244

낭비하지 맙시다

별거 아닌 일에
자신을

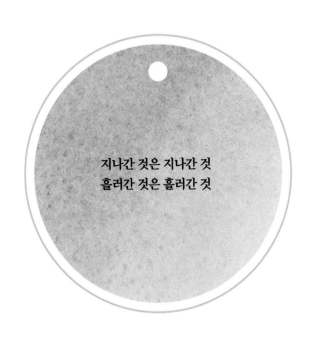

지나간 것은 지나간 것
흘러간 것은 흘러간 것

단지 소나기일 뿐

비가 온다고
우울해하지 말자.

잠깐 내리는 소나기일 테니.

곧 그칠 빗방울 따위에
감정 낭비하지 말자.

머지않아 비는 그치고
무지개가 뜰 테니.

인생에서 아무 걱정 고민도 없이 사는 날은 과연 며칠이나 될까. 우리는 항상 크든 작든 마음속에 무거운 짐 하나씩은 남겨 두고 사는 것 같다. 그것이 예전과 다른 짐일지라도, 예전의 짐보다 부피가 작고 가벼울지라도, 지금 내가 안고 있는 짐들 때문에 매일 소화가 안 된 것처럼 더부룩하기만 하다.

현재를 괴롭히는 고민은 예전에 힘들어했던 일들에 비하면 조금 시답지 않아 보일 수도 있다. 하지만 어떻게 하나. 생각을 사로잡고 있는 고민 때문에 나는 마냥 행복하다고 할 수 없는데. 중력에 이끌리는 사과처럼, 때론 어떤 고민에 사로잡히면 계속 그쪽으로만 생각의 물꼬가 트이는 것 같다. 아무리 이성적인 척 물길을 틀어 보려 해도 막기 어려운 것이 사실. 그나마 내가 할 수 있는 일은 더 견고하고 튼튼한 댐을 자주 만들어 놓는 것이다.

생각의 물길이 자꾸 부정적으로 흘러서 현재에 집중하기 힘들 때면, 마음속에 댐을 만든다. 생각과 에너지를 온전히 현재에 집중할 수 있도록. 현재라는 크고 깊은 호수가 충분히 찰랑거릴 수 있도록 말이다. 이때의 댐이란, 아래와 같은 것들을 가리킨다.

'지금에 집중하자.', '그건 생각보다 큰일이 아니야.', '나에게 있어 더 중요한 것은 무엇일까?', '지금이 아니어도 괜찮아, 나중에 더 좋은 기회가 오겠지.', '시간이 지나면 다 잊어버릴 일이야, 너무 괘념치 말자.' 이렇게라도 생각의 물길이 현재를 벗어나 과거에 대한 후회 쪽으로 새어 나가지 않게 막아야 할 필요가 있다. 지난 일을 돌아보지 않도록 완벽하게 원천 봉쇄하는 것은 불가능할 뿐더러, 무조건 좋기만 한 일도 아니다. 그러니 지나간 일은 '뒤돌아보는 것'이 아니라 '되돌아보는 것'이 되어야 한다. 과거를 향한 미련을 군데군데 묻힌 채 대책 없는 후회의 시선을 보내는 것이 아니라, 더 나은 지금을 살기 위해 지난 일을 복습하는 것이어야 한다.

지금 비가 내린다. 우산도 없이 우두커니 앉아 떨어지는 빗방울을 다 맞고 있지만, 괜찮다. 곧 그칠 거라고 믿으니까. 지금은 하늘에서 떨어지는 빗방울에 옷자락이 흠뻑 젖어 몸이 무겁게 느껴지지만, 괜찮다. 곧 갤 거니까.

먹구름은 비를 한번 쏟아 내고 나면 하늘에게 다시 자리를 내주며 물러난다. 비가 내린 덕분에 이제 곧 하늘에는 찬란한 무지개가 뜰 것이다. 마른 날씨만 계속되었다면 볼 수 없었을 무지개 말이다.

울음 그친 아기의 얼굴에 밝은 미소가 환하게 번지듯, 촉촉한 물방울에 햇살이 비추어 더 찬란한 날들이 올 것이다. 그렇게 생각해야겠다.

그렇게 낭비하는 시간이 없기를.
그렇게 낭비하는 감정이 없기를.

결국

결국 끝은

다 괜찮을 거다.

만약 지금 괜찮지 않다면

끝이 아닐 뿐.

누구에게나 절망으로 빠져드는 순간이 있다. 지금 겪고 있는 슬픔이 영원히 끝나지 않을 것만 같고, 행복이라는 단어는 멀게만 느껴지는 그런 순간.

하지만 시간은 더딘 걸음으로라도 어떻게든 가고, 문득 예전만큼 힘들진 않다는 생각이 드는 순간이 온다. 그럴 때면 '아, 역시 시간이 지나면 괜찮아지는구나.'라고 느낀다. 이렇듯 우리는 시간의 힘을 믿으면서 살아가야 하는 것 같다.

어차피 나중에는 다 잘될 것이다. 그렇게 믿고 일단 지금을 견뎌 내야겠다.

멈추지 말자

지금 걷는 이 터널이
끝나지 않을 것만 같아도

멈추지 말자.

언젠간 저 터널 끝자락에
환희의 불빛이 보일 테니까.

개그맨 이영자는 KBS, MBC 공채 개그맨 시험을 각각 4번씩이나 떨어졌다고 한다. 불합격 소식을 받은 어느 날, 원효대교를 터벅터벅 걷는데 그 길이 마치 끝이 보이지 않는 터널 같았단다. 그날 원효대교 위에서, 지금의 모습이 되리라는 걸 상상이나 했을까.

지금의 이영자라면 트로피 두 개를 손에 쥐고, 원효대교 위의 자신에게 이렇게 말할 것 같다.

"조금만 더 힘내,
포기하지 말고,
언젠간 환희의 순간이 올 테니까."

사소한 물살

사소한 물살에도
마음이 출렁이면
놓치는 것이 많은 것 같다.

쉽게 들뜨고
쉽게 시무룩해지면

정작 중요한 것들을
담기 힘든 법이다.

나는 어렸을 때부터 쉽게 호들갑 떠는 사람이었다. 남들은 무덤덤해하는 일에도 쉽게 감탄하고, 지인들과의 대화 중엔 항상 과하게 반응하곤 했다. 덕분에 미팅이나 소개팅 자리에서는 리액션이 좋다며 애프터가 자주 들어왔고, 어른들은 본인의 시답잖은 농담에도 까르르 웃으면서 박수를 쳐 대니 귀엽게 봐주곤 했다. 작은 돌멩이에도 쉽게 물살을 일으키는 사람이었다, 나는.

안 좋은 점도 있었다. 마트 시식 코너에서 무심결에 한 입 먹어 본 음식이 맛있으면 신이 나서 장바구니에 담아 댔지만, 막상 집에 돌아와 보면 전부 필요 없는 물건들이어서 후회한 적이 많았다. 교환 학생이든 공모전이든 친구가 좋다고 추천하는 거라면 치맛자락만큼이나 팔랑거리는 귀를 앞세워 즉흥적으로 내질렀다. 그 당시에는 한눈에 꽂혀 바로 신청했지만, 이제 와서 생각해 보면 하지 않아도 됐을 수료 과정이나 자격증도 많다. 쉽게 감동하고 들뜨는 성격 탓에 '그 순간에 좋으면 바로 지르는' 선택을 많이 했었다. 어찌 보면 이러한 성향 덕에 이룬 것도 더러 있었지만, 사실 쓸데

없이 시간과 에너지를 쏟은 적도 만만치 않게 많다.

그런가 하면 쉽게 시무룩해지는 경우도 있었다. 어른들이 다그친 한마디에, 등굣길에 놓친 버스에, 짝사랑하던 남자아이의 얼굴에서 스치듯 보인 무표정에. 시간이 조금만 지나도 별거 아니게 될 일에 쉽게 마음이 가라앉았다. 다른 중요한 일에 생각을 쏟아야 하는 순간에도 사소한 일에 온 생각을 사로잡히곤 했다.

일희일비는 나에게 참 와닿는 단어였다. 사소한 것에 쉽게 들뜨고, 작은 일에도 금세 시무룩해지니. 그러다 보면 놓치는 것도 많았다. 어른이 되기로 마음먹고 나서는 마음의 평온을 유지하려고 부단히도 노력했다.

파도가 일지 않으니 호수 위에 떠 있는 배도 잔물결에 이리저리 흔들리지 않았다. 나이가 들면서 점점 더 많은 걸 싣고 가는 나의 배는, 그 덕분에 순항 중이다.

집을 짓자

내 마음속에
집을 짓자.

크고
견고하고
안락한 집을.

자존감은 집과 같다. 집을 튼튼하고 견고하게 지어야 남이 뭐라고 하든, 어떠한 일이 닥치든 그 안에서 평온하게 살 수가 있으니.

나는 단단하고 견고하게 집을 지었다는 것을 알고 있기 때문에, 어떠한 상황이 닥쳐도 휘둘리지 않고 집 안에서 티타임을 갖는 여유가 생겼다.

물론 내 마음에서도 월세로 살 때가 있었다. 이 집 저 집 전전하며 살았다. 나만의 집이 없었기 때문에 이 사람을 만나면 따뜻하고, 저 사람을 만나면 추웠다. 따뜻한 줄만 알았던 집에서 갑자기 쫓겨나 세상이 무너진 적도 있었다. 누구를 만나느냐, 어떤 집에 얹혀사느냐에 따라 삶의 질이 달라졌다.

그때는 기분이 날씨보다 더 변덕스럽게 자주 바뀌었다. 그 사람이 나를 마음에서 내쫓으면 어떻게 하나, 불편해하면 어떻게 하나 전전긍긍했던 탓에 하루가 휘청거리기 일쑤였다. 그러던 어느 날, 안전하다고 믿으며 들어갔던 한 집이 갑자기 폭삭 무너졌다. 지붕은 주저앉았고, 벽돌들은 살갗에 상처를 내며 여기저기 나뒹굴었다.

그 뒤로 결심했다. 남의 집에 살지 말자고.

"더 이상 내 집 없이 다른 사람의 집에 들락거리면서, 그들의 눈치를 보면서 인생을 낭비하지 말자. 그 사람의 집이 좋아 보여서 들어간 적도 있지만, 그래도 그 집은 나의 집이 아니기에.

지금은 다른 집보다 더 작고 초라하더라도 나만의 집을 짓자. 벽돌 하나씩 정성 들여 쌓으면 언젠가는 다른 어떤 집보다도 더 멋지고 튼튼하며 아름다운 집이 되겠지."

그렇게 터 파기부터 시작해 벽돌을 하나씩 쌓았다. 혼자서 이런저런 생각을 하고 책도 많이 읽었다. 이제 내 집 안에 들어와 있으니, 다른 사람의 집 앞에서 노크하며 눈치 볼 필요가 없다.

남녀 관계에서는 '왜 카톡 답장이 없지, 왜 만나자고 안 하지, 지난번에 만났을 때 내가 잘못한 거라도 있나?' 노심초사했었다. 직장 동료나 친구들 사이에선 '내가 잘못한 게 있나, 나 때문에 저 사람 기분이 상했나, 혹시 내가 실수한 건 아닐까?' 걱정을 달고 살았다.

나만의 집 없이 다른 사람들의 집을 돌아다녔기에 그 집주인의 눈치를 보게 되었던 거다. 어딜 가든 손님의 입장이었으니 그 집이 추우면 추운 대로, 더우면 더운 대로 집주인의 취향에 따라 맞춰 주는 일이 허다할 수밖에.

이제는 내가 집주인이다. 손님을 초대하는 것도, 내쫓는 것도 나다. 손님이 나를 마음에 들어 하지 않거나, 나에 대해서 그다지 흥미를 보이지 않거나, 내가 진심을 쏟은 만큼 상대도 진심을 돌려주지 않는 것 같을 땐 내 마음에서 그냥 내쫓으면 된다. 굳이 집에 들여놓고 재워 주고 먹여 줄 필요가 없으므로.

그렇게 내 집에서 혼자 평화롭게 하던 일을 하면 된다. 손님이 찾아오지 않아도 나만의 여유를 즐기며 살면 된다. 창밖을 보며 커피를 마신다거나, 벽에 걸린 그림을 보며 음악을 듣는다거나. 혹은 서가에 꽂을 책들을 정리하거나.

그렇게 손님을 맞으며, 혹은 손님 없이 혼자서도 잘 살아가면 되는 것이다.

견고하고 아늑한 나만의 집에서.

그렇게

평온하게.

인생의 타율

야구 선수도 3할이면 메이저리그급인데

나한테 일어나는 일 열 가지 중에
세 개만 잘 풀려도 선방하는 거라고 본다.

이런 때가 있다. '요새 나한테 왜 나쁜 일들만 일어날까, 왜 이런 일들만 일어나는 걸까, 언제쯤이면 일이 잘 풀릴까, 그날이 오긴 하는 걸까?' 하는 생각만 머릿속에 맴도는 순간.

열이면 열 나한테 좋은 일만, 행복한 일만 일어나는 게 과연 가능할지는 모르겠다. 종종 이것도 잘되고 저것도 잘된 적이 있었다 해도, 단지 우연에 불과했을 뿐.

최근에 일어난 열 가지 일을 분야 상관없이 한번 생각해 본다. 학교든 회사든 친구든 연애든 가족이든, 아니면 그냥 일상 속에서 일어났던 사소한 일들까지. 너무 자연스럽게 잘 풀린 나머지 모르고 지나쳤던 게 많았을지도 모른다.

어쩌면 나쁘게 풀렸을지도 모르는 일들이 특히 그렇다. 예를 들어 중요한 약속이 있던 날, 지나가던 차가 흙탕물을 튀기지 않아서 약속 장소까지 옷을 안전하게 사수했다면 그건 열 가지 일 중에 잘 풀린 하나의 일이 될 수 있지 않을까. 공부를 하기 위해 좋아하는 카페에 갔는데 앉을 자리가 있고, 맛있는 케이크가 품절되지 않았고, 옆에 소란스러운 사람이 앉지 않았다면 이것 또한 열 가지 일 중 잘 풀린 일이라고 할 수 있지 않을까.

어쩌면 우리는 좋은 일보단 나쁜 일들에 집중하며 셈을 세고 있는지도 모른다. 그러니 불행만 연거푸 찾아오는 것 같다고 느끼는 게 당연하다.

세상의 모든 일이 나에게 유리한 방향으로만 흘러갈 수는 없다. 모든 일이 나만을 위해 벌어지는 것은 아니니까. 지금 내게 일어나는 열 가지 일 중에 세 가지 일만 잘 풀려도 선방하는 거라고 생각하는 것이, 오히려 마음 편한 일일지도 모르겠다.

묻고 싶다

선택의 기로 앞에서, 미래의 나에게 물어보고 싶다.

지금 내가 어떤 선택을 해야 더 행복할지.

그리고

그 선택을 한 나는 후회하지 않고 잘 살고 있는지.

때때로 혼자 생각해서는 답이 나오지 않는 위기에 봉착할 때가 있다. 그럴 때면 우리는 조력자를 찾곤 한다. 먼저, 학생일 때는 교수님께 찾아가 해답을 구한다. 연애 문제는 주변의 친구들에게 조언을 듣고, 취업 시즌에는 선배들을 찾아가 자문을 구하기도 한다. 또 직장에 다닐 때는 선배나 상사에게 진로와 업무 관련 상담을 받는다.

하지만 인생의 단계를 거칠수록 이런 조력자를 찾는 게 점점 어려워진다. 학창 시절처럼 같은 경험을 가지고 같은 환경에 놓인 사람이 많았을 때는 고민을 털어놓기도, 해결 방법을 제시하기도 참 쉬웠다. 그런데 이제는 나와 같은 경험을 가졌거나, 같은 상황에 놓인 사람을 찾는 것부터가 쉽지 않은 것 같다.

나이를 먹으면서 모두가 겪는 보편적인 문제는 이미 지나온 지 오래고, 그보다 좀 더 디테일하고 심화된 문제를 풀려니 아무리 뒤져 봐도 해설지가 없다. 그럴 때면 사실은 친구나 선배 말고 미래의 나에게 물어보고 싶기도 하다.

지금 당면한 문제에 A라는 선택지를 고른 미래의 나,

그리고 B라는 선택지를 고른 미래의 나. 그 두 명의 미래의 나를 각각 불러다 놓고 상의를 해 보고 싶다. A를 선택했을 때의 장단점, 그리고 B를 선택했을 때의 장단점이 뭐냐고. 당신은 알고 있을 테니.

그리고 묻고 싶다. 후회하지 않느냐고.
그걸 선택한 나는 후회하지 않고 잘 살고 있느냐고.

내 마음 병원

다치지 않을 수는 없다.

다만 내 마음이 다쳤을 때
외면하지 말고,
모른 척하지 말고,

빨리 응급조치를 하고 치료를 해 줘야
곪거나 덧나지 않는다.

그래야 다시
건강한 정신과 마음으로
살아갈 수가 있다.

예전에는 내 마음이 다쳐서 응급실에 들어오면, 미숙한 레지던트들이 어쩔 줄 몰라 하며 발을 동동 구르곤 했다. 처음 보는 상처이기도 하고 익숙지 않은 유형의 상처라 어떤 처방전을 써야 하나, 무슨 치료 방법을 써야 하나 안절부절못했던 것이다. 그래서 상처가 크지 않아도 치료가 더뎠다. 어쩔 줄 몰라 방치해 두는 시간이 길어져 쉽게 아물지도 않았던 것이다.

시간이 지나고 나이가 들면서 어쩔 수 없이 상처받는 빈도도 늘어났다. 그제야 마음속의 의료진들도 점점 스킬이 늘기 시작했다. 이제는 응급실에 들어오자마자 숙련된 의료진들이 다친 데가 어디인지, 상처는 어떻게 꿰매야 하는지, 일사천리로 척척 진료를 해 준다. 심지어 이제는 "이거 별거 아니야, 곧 나아져~"라고 쿨하게 진단을 내리기도 한다.

많이 다친 게 자랑은 아니지만, 이게 바로 어른이 되어가는 과정이 아닐까. 그렇게 마음의 병원은 점점 믿음직스러워진다. 이제는 다쳐도 '병원에 가면 되지, 곧 나아질 거야.' 라는 믿음 때문에 안심이 된다.

나이가 든다고 해서 무뎌지거나 상처받지 않는 것은 아니다. 다만 상처를 받았을 때 빨리 털어 버리는 법을 배우는 것일 뿐.

회사를 다니면서, 친구들과 만나면서, 가족들과 부대끼고 살아가면서 우리는 많은 일을 겪는다. 그만큼 다치는 일도 많을 수밖에 없다. 마음이 다쳤을 때에는, 자신이 다쳤다는 걸 빨리 알아차리는 것이 가장 중요하다. 그리고 알아챈 후에는 상처를 외면하지 말고 응급조치를 해야 한다.

아픈 마음을 직시하기 싫다는 이유로 방치하거나 외면하기보다는, 상처를 똑바로 바라보고 치료하려고 해야 다시 건강한 정신, 건강한 마음으로 살아갈 수 있으니 말이다.

더 넓고, 더 길게 보자

시야를 바꿔 보자.

더 넓고, 더 길게 보자.

지금 이 고민이

내 인생에서 얼마나 중요한 것인지

다시 한번 생각해 보자.

고민거리가 생긴 순간에는 일단 생각해 본다.

'이 고민은 지금 나에게 얼마나 중요한 것인가.'

이때, '지금의 나'라는 기준을 어떻게 설정하는지가 관건이다. 지금 이 순간의 내가 아니라 지금을 포함한 인생 전체, 나를 포함한 관계의 전체를 두고 바라봐야 한다.

'지금', 또는 '나'만 봤을 때는 이 고민이 엄청나게 크고 중요하고 심각한 문제인 것처럼 보일지라도 인생 전체를 봤을 때, 내 주변 사람들 전체를 봤을 때에는 그리 커 보이지 않을 때가 많다. 지금은 감당할 수 없이 크고 묵직한 문제인 것 같아도 100세 시대에 남은 인생을 생각하면 별거 아닌 일이니까.

어차피 시간이 지나면 사라질 문제이고, 내 인생에서 심각하게 영향을 줄 만한 일도 아니다. 또한 가족, 친구, 회사 동료 등등 나의 주변을 둘러봤을 때 이 사람이 아니더라도 나를 사랑해 주는 사람은 충분하고, 나를 믿고 지지해 주는 사람은 더더욱 많다는 걸 깨닫게 된다.

더 넓고, 더 길게 보자.

지금 당신의 앞을 가로막고 있는 큰 바윗덩어리도, 좀 더 위에서 보면 큰 산에 굴러다니는 한낱 돌멩이 중 하나일 뿐이니.

깊은 우울에 빠졌을 때 나만의 해결 방법

1. 전지적 3인칭 시점에서 나를 바라보기

2. '이 또한 지나가리라' 하는 마음 갖기

3. 더 중요한 것들을 떠올리기

1. 전지적 3인칭 시점에서 나를 바라보기

우선 평소에 내가 왜 우울해지는지, 어떻게 하면 조금이라도 기분이 나아지는지 잘 알아 두어야 한다. 기분이 좀 침체된다 싶으면 '나는 보통 이런 일이 있으면 기분이 안 좋아지는데, 지금은 이러이러한 일 때문에 기분이 안 좋아졌구나.' 라는 식으로 기분이 변한 원인과 현상을 객관적으로 진단해 보려는 노력이 필요하다. 그리고 그걸 카테고리화 하는 것이다. '아, 이 일은 기분이 안 좋아지는 원인 중 이 카테고리에 해당하는구나.' 하고 말이다.

그렇게 되면 비슷한 범주의 일이 닥쳤을 때 '지난번에는 이 정도의 시간이 지나고 나아졌으니, 이번에는 더 빨리 나아지겠지.' 하고 안심이 된다.

그다음엔 일부러라도 기분이 나아지는 일을 찾아서 해 보려고 한다. 예를 들어, 나는 백화점이나 드럭 스토어에 가서 화장품을 몇 개 사며 '소확행'을 하면 기분이 나아진다. 갑작스럽게 닥친 멘붕의 상황에 내가 할 수 있는 일이 없을 때, 화가 나는 일이 닥쳤을 때, 각종 골칫거리로 치열하게 하루를 보냈을 때 등등의 상황에서 자주 써먹는 방법이다. 혹은 서점에 가서 책을 사거나, 인테리어 소품을 몇 개 사기도 한다. 새로 물건을 사는 것만큼이나 기분 전환이 잘 되는 일도 없다.

이걸 알고 있기 때문에 나는 기분이 좀 안 좋다 싶으면 바로 달려가 마스크 팩이라도 몇 장 산다. 그러고 나면 기분이 좀 나아지는 듯하다. 어느 순간 스트레스를 받는지 알고, 그때 어떻게 하면 마음이 풀리는지도 알고, 그걸 곧바로 행하는 것이다. 이렇게 마음 진단과 치료를 속전속결로 진행하면 곧 완치에 이를 수 있다.

기분에 변화가 있을 때 자신을 객관적으로 바라보는 것은 심리 상담사도 우선적으로 권하는 방법이다. 예를 들어, 종이컵이나 핸드폰을 앞에 두고 그 사물을 자기 자신이라고 생각한다. 그리고 그것을 보며 '얘는 지금 기분이 이렇구나.' 하고 전지적 3인칭 시점에서 그 상황을 묘사해 본다. 이렇게 한 번, 의도적으로라도 상황과 기분을 묘사하고 나면 한결 기분이 나아진다. 우울감에서 빠져나오려 억지로 다른 생각을 끌어오는 것보다는 나은 방법이다. 그때의 감정을 외면하면서 꾹꾹 참았다가는 다른 상황에서 무의식중에 튀어나올 수도 있으니.

물론 처음엔 나 역시 '이걸 어떻게 해? 오글거려, 한다고 해 봤자 나아지는 것도 없는데.' 라는 생각에 무의미한 일이라고 느꼈다. 하지만 몇 번 반복해서 하다 보니, 이게 꽤 효과적인 방법이라는 걸 깨닫게 되었다. 이제는 슬픔에 빠지더라도 슬픈 감정과 나 자신을 어느 정도 분리할 수 있게 되었다고 자부한다.

그렇게 진단과 치료를 반복하면서 건강한 현재를 살아가고 있는지도 모른다.

2. '이 또한 지나가리라' 하는 마음 갖기

당시에는 너무나 힘들어서 금방이라도 죽어 버릴 것 같았지만, 시간이 지나면 아픔도 희미한 기억 속으로 조금씩 모습을 감추었던 경험은 누구나 한 번쯤 겪어 봤을 것이다.

지나고 나면 쉬운 문제였다. 그때 아픔 앞에서 어쩔 줄 몰랐던 이유는 시험 문제가 어려워서가 아니었다. 단지 시험지가 눈앞에 너무 가까이 있었기 때문일 뿐.

그러나 언젠가 시험은 끝나고, 감정이 빠진 채로 웃으

며 시험 문제를 채점해 보는 시간은 올 것이다.

우선은 '언젠가 괜찮아지겠지.'라고 마음을 먹는 것 자체가 중요하다. 그 '언젠가'가 언제일지는 잘 모르겠지만, 꼭 올 거라고 생각하는 것만으로도 현재를 버틸 수 있는 버팀목이 되곤 한다.

3. 더 중요한 것들을 떠올리기

사실 우리 사회에는 수능, 대입, 취업, 결혼 등 공통으로 적용되는 삶의 허들이 있다. 이 허들을 넘지 못할 때, 다른 사람들보다 유난히 더 높은 것처럼 느껴질 때, 내 속도가 타인에 비해 느리다고 느껴질 때 우리는 무지막지한 좌절감을 느끼게 된다. 정말 중요한 허들을 넘지 못했다는 생각 때문이다. 한 번의 실패에도 세상이 끝난 것처럼 좌절하는 건 이런 이유 때문이다. 이 길밖에 없는데, 이 길은 꼭 가야 되는데, 꼭 가고 싶었는데 허들을 넘지 못하는 자신과 현실이 너무 원망스럽고 한스럽기만 하다.

이럴 때 중요한 것은 마음가짐이다. 대입 성공하는

거? 어렵다. 취업하는 거? 당연히 어렵다. 하지만 마음 하나, 생각 하나 바꾸는 건 너무나도 쉬운 일이다. 원서를 쓰고 합격하기까지 아등바등하는 것보다는 쉽다. 단지 하기 싫은 것뿐.

이제 고민하고 걱정하는 시간을 아껴 생산적인 일에 시간과 에너지를 쏟아 보는 건 어떨까. 무의미한 감정 낭비를 유의미한 투자로 바꾸는 것이다.

자신에게 남아 있는 것들을 생각해 보자. 지금 당장은 취업에만, 결혼에만, 진급에만 몰두하고 있어서 그렇지, 아직 소중한 것들이 많이 남아 있을 것이다. 내게는 사랑하는 가족과 친구들이 있다. 또한 건강한 신체도 있다. 물론 이조차 부족하다고 느끼는 사람들이 있을 것이기에 함부로 예를 들기는 무섭다. 다만 말하고자 하는 것은, 누구에게나 자신만이 가지고 있는 자산이 있을 것이라는 얘기다.

한 가지 목표에만 매몰되어서 실패가 곧 인생의 끝이라고 여기지는 말자. 대신 시야를 넓혀 더 많은 것들을 함께 봐야겠다.

또 다른 시작

넘어졌다고 경기가 끝난 게 아니야.

넘어진 그곳에서
새로운 경기가 시작될 수도 있으니.

정신없이 달렸다. 남들보다 빠르게 허들을 뛰어넘어야 인생을 잘 사는 것이라고 생각했다. 사회가 정한 속도에 맞춰 달리느라 정작 내가 어떤 모습인지는 살펴보지 못했다. 그냥 이 정도 속도로만 달리면 되는 걸까? 잘 달리기만 하면 되는 걸까? 의문이 들어도 일단 앞으로 빨리 나아가는 데에만 집중했다.

그러다가 넘어졌다. 나도 모르게, 예상치 못한 돌부리에 걸려.

아닌데, 지금 넘어지면 안 되는데. 페이스대로 잘 뛰고 있었는데. 내 계획에는 넘어지는 것이 없었는데.

바닥에 널브러진 채 땅에 얼굴을 대고 생각했다. 내 인생은 이제 실패한 거라고. 남들은 잘 달리고 있는데, 나 혼자 넘어져 버렸으니 이제 미래가 없다고. 어차피 넘어질 거라면 그동안 왜 그렇게 죽을힘을 다해서 달려왔던 거지? 무릎에는 피가 철철 나고, 온몸은 망가져 버려 금방 다시 일어나 달릴 수도 없었다.

무엇보다 다시 일어나 달리고 싶은 마음 자체가 생기지 않았다. 그래서 바닥에 가만히 엎드려 있었다. 그저, 넘어진 그대로. 엎드려 있었다. 그저. 바닥에.

시간이 지나자 상처는 서서히 아물었다. 땅에 엎드려 있는 것도 썩 나쁘지는 않다는 생각이 들었다. 땅바닥에 엎드려 있으니 몸은 조금 차가워졌지만, 갓 넘어졌을 때처럼 절망적인 기분이 계속 이어지지는 않았다. 오히려 나락으로 떨어진 듯한 기분이 점점 멀어져 가는 듯했다.

넘어진 순간이 아득하게 느껴질 만큼 시간이 흘렀을 때, 땅만 바라보고 있었던 시선을 살짝 올려 보았다. 아니, 그동안은 아예 눈을 감고 있었는지도 모른다. 넘어져 있는 나 자신을 보기가 싫어서. 남들은 앞으로 달려가고 있는데, 혼자 여기 멈춰 있는 내 모습을 차마 볼 수가 없어서.

실눈을 뜨면 암흑으로 뒤덮인 절망이 있을 줄 알았는데, 질책하는 사람들이 나를 둘러싸고 있을 줄 알았는데, 나를 스쳐 지나가는 다른 사람들의 부산한 발걸음이 보일 줄 알았는데… 눈앞에 뭔가 희미한 게 보였다. 꽃 한 송이였다.

인생이 끝난 줄 알았던 자리에서 발견한 꽃 한 송이. 실눈을 뜨고 살짝 올려다본 하늘은 생각만큼 어둡지 않았고, 그 꽃 한 송이는 그저 말없이 나를 내려다보고 있었다. 넘어지고 나서야 그게 꽃인 줄 알았다. 그동안은 달리느라 보지 못했었는데.

그 꽃을 한참 동안 바라보았다. 옅은 행복이었다.

넘어진 나 자신을 비참하게 느꼈던 시간이 단칼에 끝나 버린 건 아니었지만, 그래도 그 속에서 처음 찾은 행복이었다. 행복이라고 하기엔 조금 초라하고 시답지 않을 만큼 희미한 느낌이었는지도 모른다. 다만 메마르고 척박한 사막만 걸어가다가 생수 한 병을 발견한 기분이었다. 달리기만 하면 행복할 줄 알았는데, 넘어진 후에도 행복을 느낄 수 있다는 것이 신기할 따름이었다.

돌부리에 걸려 넘어진 순간 모든 경기가 끝나 버린 줄 알았지만, 넘어진 나를 변함없이 사랑하는 가족과 친구들이 여전히 곁에 남아 있었다. 그 와중에도 일상을 꾸며 주는 소소한 행복이 있었던 것이다.

처음엔 한 송이였지만 점점 늘어났다. 꽃을 발견하니, 주변에 더 많은 꽃들이 보였다. 마치 god가 부른 「촛불 하나」라는 곡의 가사처럼, 불을 밝히니 촛불이 두 개가 되고 세 개가 되는 것처럼. 꽃 한 송이의 행복을 발견한 다음부터는 생각보다 주위를 꾸미고 있는 꽃이 더 많다는 것을 깨달았다.

넘어진 상처는 점점 아물어 갔고, 꽃들은 더 많아져 갔다. 힘이 생겼다. 다시 일어났다. 내가 걷고 싶을 땐 걸었고, 뛰고 싶을 땐 뛰었다. 걸었다가 뛰었다가 속도를 마음대로 조절할 수 있게 되었다. 무엇보다 꽃을 보는 것을 더 중요하게 생각했다.

넘어지지 않았다면 발견하지 못했을 꽃 한 송이.
언젠간 분명 넘어졌을 것이다.
이렇게 빨리 넘어진 게 오히려 다행인지도 모르겠다.

상처 묻은 기억

상처 묻은 기억이
절뚝거리며 걸어간다.

소리쳐 불러 보면
잠깐 멈춰서 이쪽을 돌아볼 뿐.

그렇게 머뭇거리다 다시 돌아서서
기억 저편으로 사라지겠지.

그렇게
불러도 뒤돌아보지 않을 정도로
멀어지겠지.

영원히 머무는 상처는 없다.

모질게 상처 입은 기억은 한동안 곁에 머문다. 아침밥을 먹든, 일을 하든, 길을 걷든, 운전을 하든 눈앞에 아른거리며 나를 힘들게 한다. 며칠 동안, 아니 몇 달 동안은 시야에서 벗어나지 않는다. 부르지 않아도 눈에 보이고, 보려고 하지 않아도 나를 바라보며 아픈 미소를 짓는다.

하지만 그 상처도 영원히 곁에 머물지는 않는다. 당시에는 만신창이가 되었다고 해도, 어쨌든 걸어간다. 저 멀리, 시간 속으로. 하루가 지나고 이틀이 지나고 수일이 지날수록 점점 멀어져 간다. 처음엔 온종일 다른 일을 할 때조차 눈앞에 보이더라도, 시간이 좀 지나면 어두운 밤의 적막 속에서 잠들기 전에만 잠시 멈춰 뒤를 돌아본다. 그리곤 나를 바라보며 머뭇거리다가 다시 걸어간다. 가던 길을.

하루가 지나고, 한 달이 지나고, 일 년이 지나고. 시간의 속도만큼 걸어가면서 점점 멀어져 간다. 그러다 어느 순간에는 보이지 않을 정도로 사라져 버린다. 문득 소리쳐 불러 봐도 들리지 않을 만큼 멀어진다.

슬픔은 영원히 내 곁에 머물러 있지 않는다.

순간의 슬픔이,
영원이 되지 않기를.

별일도 별일이 아닌

결국 잘될 걸 아는 사람은
별일도 별일이 아니다.

종교, 미신 같은 건 일절 믿지 않지만, 그래도 가끔은 기대게 되는 것이 있다. 바로 사주다.

어렸을 때에는 사주도 그저 '누구든지 보편적으로 맞는 말들을 하는 것'이라고만 생각했다. 누구나 겪을 수 있는 일을 이야기하며 "너 이렇지?" 하고 말하면 듣는 사람은 "맞아! 나 이렇지!" 하고 홀리게 되는 그런 말장난, 또는 영업 사원의 언변술 같은 것. 그랬던 내가 사주도 마냥 못 미덥지는 않다는 생각을 하게 된 건, 힘든 일들을 겪고 난 다음이었던 것 같다.

'더 이상 지금보다 안 좋아질 수 있을까? 나에게 왜 이런 일이…'라는 생각이 들던 무렵, 지푸라기라도 잡는 심정으로 사주를 보러 갔다. 그때 사주를 봐준 할머니는 내게 이런 말을 했다.

"완전 세게 한 방 맞았네. 큰 고비를 넘겼어. 근데, 40살부터는 대운이 트일 거야. 아무튼 걱정 마."

그 누가 미래를 장담할 수 있을까. 실체와 확신이 없는 미신, 종교, 사주에 대해서는 일절 불신했던 나였지만, 사실 누군가가 저렇게 말을 해 준다는 것 자체가 고맙기도 했다. 비록 저 말이 뜬구름처럼 둥둥 떠 있는 터

무늬없는 이야기일지라도, 또는 복채를 한 푼이라도 더 받기 위한 마케팅 전략에 불과할지라도. 누군가가 나에게 곧 행복한 미래가 올 거라는 말을 해 주었다는 사실 자체가 큰 힘이 되었다. 어쩌면 나는 사주를 보러 가서 미래의 점괘를 본 것이 아니라, 계속 살아갈 수 있는 힘을 얻고 온 것일지도 모른다.

그 뒤로 종종 뜻하지 않은 고비를 마주할 때마다 생각하게 된다. '어차피 난 잘될 거니까. 이 정도 고난쯤은 아무것도 아니야.'

현실의 고통을 외면하려 억지로 외우는 주문 같은 것일 수도 있다. 하지만, 현재의 좌절에 매몰되지 않고 헤쳐 나가려면 이 정도 주문쯤이야 힘차게 외우면서 걸어 나가야 하지 않을까.

미래가 정말 장밋빛일지는 아무도 장담할 수 없다. 그 누가 알까? 하지만, 적어도 나 자신만은 미래가 지금보다 좀 더 나을 것이라고 믿으면서 힘을 내야 한다. 그래야만 그 힘을 가지고 좀 더 나은 자신을 만들기 위해 노력할 수 있을 테니까.

꿈과 현실의 반복

어쩌면 후회되는 과거,

어쩌면 내가 바라는 미래,

그렇게 꿈과 현실의 반복 속에서

모자란 부분을 덧붙여 가며 현재를 살고 있는지도.

가끔 생생한 꿈을 꾸고 나면 꿈이 현실인지, 현실이 꿈인지 분간이 되지 않을 때가 있다. 자다가 깼는데도 꿈속에서의 서사가 그대로 현실까지 이어지는 느낌.

차라리 나비가 되어 날아다녔다든가, 아바타 같은 SF 영화의 배경으로 적들과 싸웠다든가 하는 꿈이었다면 깨고 나서 금방 꿈과 현실을 분간할 수 있을 텐데.

현재 처한 상황과 인간관계가 고스란히 꿈속에서 재현되는 건 너무나 헷갈리는 일이다. 게다가 과거, 미래를 오가기까지 하니. 만약 꿈에서 만난 일이 과거에 일어났던 사건이면, 지금 후회하고 있는 찰나의 시점으로 시간을 되돌려 다른 선택으로 서사를 풀곤 한다. 반대로 내가 걱정하고 있는 미래의 일이면 원하는 방향으로 시나리오를 풀어 간다. 혹은 아예 최악의 상황으로 이야기를 전개시키거나.

현재의 결핍을 심하게 느낄수록, 과거 혹은 미래로부터 억지로 빈 마음을 채우며 살고 있는 것 같다. 현재가 불충분하다고 느껴질수록, 혼탁해진 마음이 나를 어지럽게 만들고 있는 것 같다.

흘러간 것

지나간 것은 지나간 것,

흘러간 것은 흘러간 것.

이미 벌어진 일이 머릿속에서 반복 재생되는 경우가 있다. 여기서 반복 재생 '한다' 고 말하지 않고 반복 재생 '된다' 고 말한 이유는, 일부러 떠올리려고 하지 않아도 무의식에 의해 저절로 생각이 나기 때문이다.

때로는 아주 느리게 슬로모션으로 돌려 보기도 하고, 클로즈업해 보기도 한다. 그때 그 사건에서 하나의 의미라도 더 발견하려고. 아니면 후회를 던지거나. '이렇게 말했으면, 이렇게 행동했으면 더 좋았을 텐데.' 하는 후회. 이제 와서 어떻게 할 수 없다는 걸 알면서도, 어떻게든 바꿔 보려고 아등바등 생각의 꼬리를 붙잡은 채 늘어지는 것이다.

하지만 앞서 말했듯, 이미 일어난 일을 되돌리는 건 불가능하다. 억지로 결과를 번복하는 것도 어려울 때가 많다. 만약 그 일이 그다지 중요하지 않다면, 이제 와서 어쩔 수 없다면 그냥 이렇게 생각해 봐야겠다. 나는 강 위에 서 있을 뿐이라고. 그건 돌이킬 수 없는, 흘러가 버린 물살이라고. 다시는 움켜잡을 수도 없는.

이미 지나간 것은 어쩔 수 없다.

이미 흘러가 버린 것은,

내버려 두어야겠다.

아, 쓸쓸한 회색빛이구나

마음은 시시각각 색깔이 변한다.

이에 휘둘리게 되면
변하는 색깔들에 쓸린 상처만 깊게 남을 뿐.

'아, 내 마음은 쓸쓸한 회색빛이구나.' 라고
담담하게 표현하는 것이 좋은 것 같다.

감정을 외면하는 것과 감정을 이기는 것에는 차이가 있다. 밀려오는 감정을 느끼면서도 모르는 척 꾹꾹 누르고 있으면 술을 마실 때, 무의식중에, 힘든 일이 밀려올 때 팡 터져 튀어나올 수 있다.

하지만 감정이 다가왔을 때 그를 정면으로 마주하면서 '아, 내 마음이 지금 이렇구나.' 라고 담담하게 바라볼 수 있다면, 당신은 상처를 슬기롭게 이겨 낼 수 있는 첫 번째 단계를 뛰어넘은 것이다.

시시각각 변덕스레 바뀌는 마음에 일일이 휘둘리지 않아야겠다. 그저 한 발자국 떨어져서 담담하게 쳐다봐야겠다. '지금 내 마음은 이렇구나.' 라고.

같은 공간, 다른 사진

같은 공간이라도
사진을 어떻게 찍느냐에 따라
분위기가 달라진다.

같은 사건이라도
어떻게 생각하느냐에 따라
달라지게 된다.

걸림돌이 될지,
디딤돌이 될지.

셀카 어플이 참 많다, 요새는. 이젠 셀카 어플 없이 휴대폰 카메라로 셀카를 찍는 건 상상도 할 수 없다. 100% 순수한 모습이 아니긴 하지만, 내 얼굴을 조금 더 만족스럽게 보고 싶으니까. 심지어 후보정을 하지 않아도 된다. 귀찮은 단계 없이 렌즈로 볼 때부터 자동으로 보정이 되고 필터가 끼워지니, 이 얼마나 좋은 시대인지.

이처럼 자신의 앞에 놓인 사건도 만족스러운 방향으로 보는 건 어떨까. 날것 그대로 보는 얼굴이 부담스러워, 자동으로 보정과 필터가 적용되는 셀카 어플을 사용하는 것처럼. 이미 일어난 사건이나 벌어진 상황을 자신 위주로 해석하는 것이다.
어차피 본질이 달라지지 않을 거라면, 바라보는 카메라 렌즈를 바꿔 보는 건 어떨지.

그러면 좀 더 만족스러운 현실이 되지 않을까.
좀 더 아름답게 보이지 않을까.

지퍼백

지퍼백같이
머릿속에 온갖 기억을 머금고 있으면
안 좋은 기억까지 모두 섞여
묵직하고 혼탁해진다.

때로는 엉기성기 짜인
상태가 필요한 것 같다.

안 좋은 기억들은 빠져나가고
맑은 추억들만 담을 수 있게.

이미 일어난 일, 그래서 후회되는 일, 그 순간에 다른 선택을 했다면 만났을지도 모르는 더 좋은 길. 이 모든 것들을 담아내느라 머릿속은 정신이 없다. 온갖 불순물이 가득 담겨 있어 혼탁한 상태가 계속됐다. 머릿속에 온갖 생각을 다 머금고 있으니 혼탁해질 수밖에.

가끔은 엉성해져야겠다.
안 좋은 기억들과 감정들과 생각들은 다 흘려보내고, 맑은 물만 담을 수 있게. 그렇게 건강하고 행복한 지금만 머금을 수 있게.

틀린 길, 다른 길

틀린 길로 간 게 아니야.

어쩌면 목적지로 가는
또 다른 길을
찾은 것일 수도.

어렸을 때는 '이걸 꼭 해야 해, 그렇지 않으면 실패야.' 라는 생각이 강했다.

시험에서 이만큼의 점수를 받아야 하는데 못 받았다면 실패. 이 대학에 가고 싶었는데 못 갔다면 실패. 저 사람과 친해지고 싶었는데 못 친해졌다면 실패. 지금보다 이분법적인 사고가 강했다.

이런 생각은 나이를 먹고 이런 일도 있고 저런 일도 있다는 걸 경험하면서 차츰 옅어졌다. 당시에는 실패라고 생각했던 일도, 먼 훗날 생각해 보면 꼭 그렇지만은 않았으니까. 오히려 당시에 성공이라고 생각했던 길만 갔다면, 지금의 나는 없었을 것이다.

뜻대로 일이 풀리지 않더라도 평정심을 유지해야겠다. 조급하게 생각하지 말고.

길게 보면,
어쩌면 좋은 방향이었을 수도 있으니.

정답

정답은 없다.

정답을 찾아가는 과정이 있을 뿐.

정답을 맞히느냐, 맞히지 못했느냐가 실력의 척도인 시절이 있었다.

어렸을 때는 시험공부만 하면 됐다. 문제를 풀어서 정답을 맞히는 것이 우리의 숙제였고, 도대체 왜 이렇게 많은 문제를 풀어야 하는지 이유를 알 수 없어 짜증이 나기도 했었다. 도저히 풀 수 없는 문제를 만났을 때는 학교 선생님이나 공부를 더 잘하는 친구한테 물어보는 것으로 정답을 찾을 수 있었다. 어려운 문제를 혼자서 끙끙거리며 풀다가, 기적적으로 정답을 찾았을 때의 그 희열은 이루 말할 수도 없었다. 내가 내놓은 답이 정답이라는 것을 확인한 뒤에는 더 생각할 것도 없었다. 명쾌했다.

요즘은 정답이 없는 문제를 수없이 마주한다. 그리고 그런 문제가 더 어렵다는 걸 깨닫는다. 나름의 방식으로 내놓은 답이 있어도, 이게 정말 맞는 답인지 아닌지는 알 수 없었다. 답을 내놓은 후에도 한참을 고민해야 했고, 누구도 이게 정답이라고 명쾌하게 말해 줄 수 없는 문제가 많았다.

이제는 오히려 정답이 있었던 때가 그립다. 지금 내게 던져진 문제들은 하나같이 어려울 뿐만 아니라, 정답조차 없는 것들이 많다. 풀어야 할지 말지도 온전히 스스로 정해야 하고, 풀이 과정도 혼자 만들어 가야 하며, 정답을 내도 이게 맞는지 아닌지 채점을 해 줄 수 있는 사람이 어디에도 없다.

살다 보면 가끔은 정답이 존재하지 않는 상황을 마주할 때도 있다.

나이가 들고 어른이 되어 갈수록,

이런 정답 없는 문제들이 너무 많이 출제된다.

그 답을 찾아가는 과정이야말로

어른이 되어 가는 과정인 걸까.

파도

파도는 끊임없이 친다.

백사장에 남겨진 상처도
곧 쓸려 없어지겠지.

지금은 모래가 깊게 파였지만
물살이 부드럽게 몇 번 쓰다듬고 가면

물기 머금은 얼룩만 듬성듬성하게 남긴 채
흔적도 없이 사라질 거야.

때론 우리의 기억력도 영원하지는 않다는 사실, 그래서 어떤 것들은 시간이 지나면 기억에서 사라진다는 사실이 반갑다. 지금 나를 힘들게 만드는 기억도 시간이 흐르면 농도가 점점 옅어지면서 사라지고 말 테니. 지금은 모래사장에 흠이 깊게 파여 있어도, 파도가 치고 물살이 모래를 몇 번 쓰다듬으며 지나가면 점점 흔적이 옅어지는 것처럼 말이다.

영원한 상처는 없다.
지금 우리의 마음에 깊이 남은 자국들도 언젠가는 물살에 쓸려 점점 옅어질 것이다.

그러니 너무 슬퍼하지 않아야겠다.
그러니 너무 감정을 낭비하지 않아야겠다.

수도꼭지

수도꼭지처럼

생각도

꼭 잠글 수 있다면 좋을 텐데

왜 자꾸

누수되는지.

자꾸 떠오르는 생각 때문에 한숨만 나온다. 일하다가, 횡단보도를 걷다가, 에스컬레이터를 타고 올라가다가, 휴대폰으로 SNS를 하다가 문득. 모든 순간에 깜빡이도 켜지 않고 끼어드는 생각들 때문에 마음속 도로는 언제나 부산하기 짝이 없다.

당연한 말이겠지만, 생각하지 않아도 될 것들은 생각하지 말아야겠다. 지금 집중해야 할 것에만 신경 쓸 수 있었으면 좋겠다. 어지러운 생각은 잠가 놓고 끼어들지 않게 해야겠다. 잠그려고 노력을 해 보아도, 한 방울씩 떨어지는 생각들 때문에 오늘 밤도 심란하다.
왜 자꾸 누수되는지 모르겠다. 시간이 지나면 이 수도꼭지도 고쳐질까.

미화

맘고생의 원인 중 하나는 미화.

과거에 대한 미화
내가 겪지 않은 것에 대한 미화
내가 선택하지 않은 길에 대한 미화.

어떤 일 때문에 기분이 영 좋지 않은 순간에는 생각해 보면 좋겠다. 기분이 좋지 않은 이유가 정말 순수하게 그 일 때문인지. 혹시 다른 생각이 끼어든 건 아닌지, 순도를 측정해 볼 필요가 있다.

'혹시 내가 그 사건을 주관적으로 해석하고 있는 건 아닐까.'

이미 일어나 버린 일에 대해서 '아, 만약 이쪽이 아니라 다른 쪽으로 갔었다면…'이라고 후회하고 있다면, 당신은 내심 다른 쪽을 더 높이 평가하는 것이다. 그 다른 쪽이 정말 좋았을지, 안 좋았을지는 아무도 모르는 건데 말이다.

남의 떡이 더 커 보인다는 말은 여기에도 적용된다. 자신이 겪지 않은 것에 대한 미화는 오히려 현재를 비참하게 만든다.

최대한 객관적으로 보려고 해야겠다.

억지로 미화시키지 말고, 남의 떡을 더 크게 보지 않고, 가지 않은 길을 미화시키지 말고.

스포일러

누가 내 인생 좀 스포해 주면 좋겠다.

'다음 달까지는 좀 힘들 거야.
근데 좀만 참아,

그 후론 행복한 일만 일어날 테니까.' 라고.

요새 핫한 영화들은 '스포 금지'라는 수식어가 따라붙는다. 스포 때문에 칼부림이 났던 일도 있었고, 연인에게 스포를 했다가 잠수 이별까지 당했다는 사람도 있다. 우리가 영화의 스포일러를 싫어하는 이유는, 어쨌든 그것도 결국 영화이기 때문인 것 같다.

결말이 해피엔딩이든, 새드엔딩이든 영화는 영화일 뿐이니까. 결말이 나면 영화도 끝나는 거니까. 무슨 스토리가 펼쳐지든 나랑은 상관없는 먼 나라 이야기, 영화 속 가상의 세계일 뿐.

영화의 결말을 스포하는 건 얄미워서 싫지만, 내 인생은 누군가 스포를 좀 해 주면 좋겠다. 주인공이 이렇게 힘든데 왜 상황은 더 안 좋아져만 가고, 일은 왜 자꾸 꼬이는 걸까. 감독이 누구인지는 모르겠지만 주인공을 이렇게 시련에만 몰아넣어도 되는 걸까. 누가 이야기 좀 해 주면 좋겠다. 언제까지 힘들 거고, 언제부터 일이 잘 풀릴 거라고. 그래야 지금 힘들어도 참고 견딜수 있을 테니 말이다.

어른 졸업식

초·중·고등학교처럼
어른이 되는 과정도
입학식, 졸업식이 있었으면 좋겠다.

졸업식이 끝난 후에는
이런 상황에서도 눈물을 흘리지 않을 것이라는
믿음이 있으면

기약 없는 어리석음 따윈 없을 텐데.

이런 말을 하면 누군가에게 꼰대 소리를 들을지도 모르겠다. 이제 와 생각해 보면, 학생이었을 때가 가장 속 편했던 것 같다고. 학생이었던 당시에는 불안정하고 막연한 미래를 가장 두려워했지만 말이다.

당장 힘들긴 해도 조금만 있으면 졸업하니까, 그때까지만 참으면 된다는 기약이 있었지 않나. 정해진 학년에 맞게 공부를 하면 되고, 남들과 똑같은 시험을 보고, 매일 풀어야 하는 문제에도 어쨌든 답은 있었다.

지금은 내가 몇 학년인지도 모르겠고, 졸업은 언제 하는 건지도 당최 모르겠다. 졸업이라는 걸 하긴 하는 걸까? 매일 고민하는 문제는 답이 없는 것 같고, 심지어 남이 풀어 줄 수도 없다. 예전에는 어려운 문제를 만나면 풀지 못하고 끙끙 앓아도 페이지를 넘겨 해답을 볼 수 있었는데, 지금은 아무리 페이지를 뒤적여도 해답은커녕 힌트조차 없다.

"환승 이별을 당했으니 이제 졸업. 그다음 학년은 나쁜 남자야. 좀 힘들겠지만, 이 교육 과정만 수료하면 졸업하고 좋은 사람을 만날 수 있을 거야.

중요한 메일에 파일을 빠트렸거나, 동명이인의 다른

사람에게 보내서 뒷수습하느라 진땀 뺐다면 이건 이제 졸업. 그다음은 막대한 돈을 들여 시작한 프로젝트를 맡았을 때, 준비 사항을 꼼꼼하게 체크하지 못해서 벌인 사고를 수습하느라 좀 힘들 거야. 이것도 무사히 졸업하면 그다음 학년부터는 회사 일이 수월하게 풀릴 거고."

누가 이렇게 알려 주면 얼마나 좋을까?
나는 몇 학년인지,
언제쯤이면 졸업하는지,
졸업이 있기나 한 건지 모르겠다.

내 방 영화관

잠들기 전
방 안이 유난히 적막한 날이 있다.

그럴 때면 천장이 스크린이 되어
마음 한편에서 움츠려 있었던
고민, 걱정, 불안들이 투사되기 시작한다.

영화가 끝날 때까지
잠들지 못하는 밤이다.

자려고 침대에 누워도 쉽게 잠들지 못하는 밤이 있다.

근래 일어났던 일들이 연달아 머릿속을 맴도는 시간이 시작되면, 오늘 밤 잠은 다 잔 거다.

하나의 사건이 떠오르면 그 사건을 둘러싼 등장인물들의 표정이 클로즈업되고, 일련의 순간이 슬로모션으로 하나씩 재생되기 시작한다.

등장인물들의 표정, 말투, 행동에는 어림짐작한 그들의 속마음이 괄호로 표시된다.

'그 사람은 이런 생각을 했기 때문에 저렇게 말했겠지?', '저렇게 행동한 이유는 이런 마음을 가지고 있었기 때문이겠지?' 당시에 했던 생각은 각각의 대사에 "(화가 난 표정으로 말한다)", "(억울해하며 손을 젓는다)" 처럼 감정을 표현한 주석이 되어 따라붙는다.

이후에는 같은 상황에서 후회했던 포인트마다 새로운 각본을 써 나간다.

'아, 그때 이렇게 했더라면…'

'그런 말 대신 이런 말을 했었어야 했는데…'

여러 가지 시나리오를 새로 쓰며 다른 전개들을 하나씩 만들어 보는 것이다.

아, 이미 본 영화는 영화로 묻어 놓고 현재를 살아야 하는데. 밤만 되면 영화를 평론하면서 2탄, 3탄을 멋대로 만들고 있으니 잠이 쉽게 올 리가.

쉽게 잠들지 못할 때는 억지로 영화를 끝내고 잠을 자려고 한다. 혼자 만든 방법인데, 실제로 다른 몇몇 사람들도 이런 방법을 쓴다고 한다.

가장 효과적인 방법은 다른 생각에 빠지지 않도록 현재에 집중하는 것이다. 누워 있으면 이런저런 생각들이 머릿속에 난무하지만, 그런 생각들 말고 현재 방 안에 내가 누워 있는 모습을 떠올린다. 눈을 감고 내 방, 내가 누워 있는 침대, 그 침대에 누워 있는 나의 모습을 머릿속에 떠올린다. 하나씩, 천천히. 그리곤 방에 있는 책상, 화장대, 옷장 등등을 하나씩 머릿속에 그려 보면서 그것들이 어떻게 생겼는지, 지금 그 위에는 뭐가 있었는지 고민한다. 그렇게 현실에 집중하는 것이다. 머릿속에서 그린 그림이 맞는지 확인하려고 눈을 뜰 필요는 없고.

수영장에 가서 물에 들어가지 않고 바깥만 빙빙 도는 느낌이라고나 할까. 한번 물에 들어가면 쉽게 다시 빠져나오지 못할 테니, 그 유혹을 견뎌 내면서 수영장 밖만 빙빙 도는 것이다. 과거의 사건을 떠올리기 시작하면 걷잡을 수 없이 꼬리를 무는 생각 때문에 잠들지 못하는데, 그걸 억지로 미루는 것이다.

머릿속으로 방을 다 훑었으면 지금 자신이 어떤 자세로 누워 있는지, 천장을 보고 누워 있는지, 무슨 옷을 입고 누워 있는지 생각을 한다. 그때쯤이면 거의 잠에 빠지는 것 같다. 사실 100%의 성공 확률을 보이는 건 아니지만, 그냥 자신을 생각의 수영장에 던져 놓고 헤엄치게 할 때보다는 훨씬 더 빨리 잠이 들곤 한다.

잘 수 있는 시간을 낭비하지 말자. 우리는 내일도 열심히 살아가야 하니까. 오늘도 잠을 자면서 충전을 해야 하니까. 쓸데없는 생각에 숙면을 방해받지 말고, 푹 잤으면 좋겠다.

그럼,
굿나잇.

하늘

왜 서울의 하늘보다 보라카이의 하늘이 예쁠까.

하늘은 똑같이 예쁘다.

단지 지상의 불빛과 매연 탓에 뿌옇게 보일 뿐.

우리의 인생도 다 예쁘다.

단지 지금의 매캐한 문제가 눈앞을 가리는 것일 뿐.

예쁜 하늘을 보며 황홀해질 때가 있다. 퇴근 후 마포대교 위에서 한강의 노을을 봤을 때, 바다로 여행을 가서 수평선 너머의 뭉게구름과 그 뒤로 펼쳐지는 노을을 봤을 때, 화창한 날 공원에서 초록색 나무들과 한데 어우러져 상큼함을 느끼게 해 주는 파란 하늘을 봤을 때.

우리는 날씨 좋은 날 아름다운 하늘을 보며 행복해하고, 흐리고 궂은 날씨엔 덩달아 우울해지기도 한다.
하지만 생각해 보면 하늘은 똑같다. 너무 과학 교과서 같은 이야기일 수도 있겠지만, 우리는 지상 위의 대기 상태에 따라 하늘을 아름답다고 느낄 수도, 우울하다고 느낄 수도 있다. 구름이 많거나, 비가 오거나, 바람이 부는 것도 모두 지상 위 불과 10km 떨어진 곳에서 일어나는 대기 상태 때문일 뿐.
하늘은 똑같다. 구름이 걷히고, 비가 그치고 나면 또다시 하늘은 아름다울 것이다. 영원한 먹구름, 영원한 장마는 없는 것처럼.

우리도 마찬가지라고 믿는다. 우리의 인생도 원래 예쁘다. 인생이 잠깐 흐리게 보이는 이유는, 눈앞에서 얼마 떨어지지 않은 곳에 잠시 소나기가 내리기 때문일 거라고. 그마저도 곧 비가 그치고, 맑게 갠 하늘이 다시 보일 것이다.

곧 다시 아름다운 풍경이 펼쳐질 것이다.

진짜 이기는 것

모든 일이 내 뜻대로 되지 않는다면

빨리 받아들이는 게 이기는 것일 수도.

생각보다 마음대로 되는 일은 많지 않다. 어렸을 때야 활동 반경이 한정되어 있고, 노력한 만큼 결과도 얻을 수 있었다. 하지만 학창 시절이 끝나고 삶의 영역이 점차 커지면서, 뜻대로 되지 않는 일들도 많아지기 시작했다. 하고 싶어도 다 할 수 없고, 원한다고 다 맘에 드는 결론이 나는 건 아닌 일이 이 세상에는 참 많았다. 그렇다고 거기에 대고 계속 마음을 쓴다면 자신만 손해일 뿐이다. 어차피 원하는 대로 결과를 바꿀 수도 없고, 하나의 생각에 묶여 아등바등해 봤자 정신만 피폐해지니까.

그럴 땐, 빨리 항복하는 게 오히려 이기는 건지도 모른다. 빨리 받아들이고 다음 단계를 생각하는 게 진짜 이기는 거 아닐까.

맛

오늘은 '쓸쓸한 맛.'

지금은 맛이 없지만,

언젠간 달콤한 맛을 느낄 수 있겠지?

인생이라는 건 복잡하고 묵직한 세트 상품이라서,
'하루'라는 이름으로 낱개 포장된다.

다만 그 하루들이 다 똑같으면 재미없으니까
달달한 맛, 시큼한 맛, 쓰린 맛
종류별로 있는 거다.

'지금은 아린 맛을 먼저 먹었을 뿐이야.
맛없는 걸 먼저 먹었으니, 달콤한 맛만 남았겠지.'

감정의 계절

지금 나를 가득 채우고 있는 고민은,

언젠가 감정이 빠진 채

바닥으로 흩어져 사라지겠지.

한때 수분을 가득 머금고 초록을 빛냈던 나뭇잎도 시간이 흐르고 계절이 바뀌니 마른 채 땅바닥으로 떨어진다.

한때 감정이 충만하여 작은 바람에도 흔들리던 내 마음도, 시간이 흐르고 계절이 바뀌면 마른 흔적만 남긴 채 기억의 바닥으로 흩어져 없어지겠지.

명언

No 멘붕, No Gain

멘붕의 순간이 없다면 성장할 수 없다는 뜻.

멘탈이 붕괴되는 순간이면 생각한다.

'왜 나에게만 이런 일이 닥칠까. 인생이 평탄할 수는 없는 걸까. 그냥 좀 무난하게 지나갈 수는 없었나. 좋게 풀릴 수도 있었는데 왜 이렇게 됐을까.'

그런데 생각해 보면 수많은 멘붕의 상황은 내게 자그마한 교훈 하나씩을 건네주곤 했다. '다음부터는 이렇게 하면 안 되겠다, 다음에는 이렇게 해야지.' 하는 종류의 교훈을.

실수도 해 봐야 다음에 또 실수를 반복하지 않겠지. 마찬가지로 사고를 쳐 봐야 똑같은 사고를 반복하지 않을 것이다. 평생 실수하지 않고, 사고 치지 않는 사람은 없다.

적어도 그렇게 믿고 싶다. 미리 실수하고, 일찍 사고 쳐 봐야 나중에 더 큰 문제를 일으키지 않을거라고.

진짜 위로

남들이 건네는 위로보다는
자신을 온전히 마주한 상태에서
내가 나에게 건네는 위로가
더 가슴에 와닿는 때가 있는 것 같다.

때로는 어떠한 말로도 위로되지 않는 시간이 있다. 나
혼자 오롯이 슬픔을 마주하는 시간.
그 한가운데 들어앉아서야, 마음속을 찬찬히 들여다볼
수 있었다. 그리고 마음에게 이렇게 말할 수 있었다.

"그토록 힘들었구나."

조각배

조각배 위에서 위태롭게 서 있지 말자.
밀려오는 물살 하나에도 내 마음 출렁이니까.

저 멀리 강둑에 앉아 지켜보자.
조각배가 흘러가는 것을.

마음이 안정적이었으면 좋겠다. 쉽게 들뜨고 쉽게 시무룩해지는 내 마음을 보면, 종종 강 위에 떠 있는 조각배 같다는 생각이 든다. 작은 물살에도 쉽게 흔들리니까. 배가 크지 않으면 쉽게 흔들리고, 그만큼 더 많은 것을 담지 못한다.

때로는 중요한 것들을 담고 가야 하는데. 예를 들어 가족, 일, 친구, 진로 같은 것들. 사소한 물살에 흔들려 버리면 정작 중요한 것들이 튕겨 나갈 테니까.

나의 배는 크고 견고한 범선이었으면 좋겠다. 그 배는 강 위에 두지 않고, 강둑 선착장에 정박해 둘 것이다. 조그마한 배 위에서 위태롭게 서 있는 게 아니라, 단단한 곳 위에서 두 발 굳게 두고 서 있어야겠다. 지금 중요한 것과 중요하지 않은 것들을 찬찬히 살펴보며 골라낼 수 있는, 안정적인 곳에서.

상처투성이

문득 내 몸을 내려다보니
상처투성이였다.

그 모습이 보기가 싫어
깨끗한 수건으로
상처들을 하나씩 지워 나갔다.

다 지우고 보니
아무것도 남지 않았다.

지금의 나를 만든 것은 무엇일까.

아마 지난날을 별 탈 없이, 아무 일 없이 무난하게만 살아왔다면 지금의 나는 없을 것이다. 당시에는 힘들고 서러웠어도, 그런 시간을 견뎌 냈으니 마침내 지금의 내가 있는 거겠지. 그렇게 하나씩 이겨냈으니까, 더 성숙해진 모습의 내가 있는 거 아닐까.

아마 고난이 없었다면, 그래서 마냥 행복하기만 했었다면 나는 아직 어린아이로 남아 있었을지도 모른다.

불행을 겪어 봐서 행복이 행복인 줄 알고,
고난을 겪어 봐서 아무 일 없는 순간에 감사할 따름이다.

낭비하지 맙시다

엇갈린 인연에
감정을

인연은
어디에나 있고
어디에도 없다

낭비 금지 1

낭비하지 말자.

시간 낭비든,
돈 낭비든,
감정 낭비든.

휴가로 여행을 떠날 때의 일이었다. 당시 연락을 주고 받던 이가 갑작스럽게 이별을 통보했다. 그마저도 예의를 갖춘 이별이라기보다는 무책임한 잠수에 가까웠다. 그때 그 사람은 이렇게 이야기를 했다. 어차피 너는 여행을 갈 거니까, 가서 잊어버리면 되니까 그 타이밍에 맞춰서 이별을 이야기하는 것이라고.

돌이켜 보니 참 이기적인 말이었다. 딴에는 배려한답시고 상대방이 여행을 떠나기 직전에 이별을 전한 것이라는데, 이를 받아들이는 사람의 입장에서는 과연 배려로 느껴질까.

비행기에서 한참을 생각에 잠겼다. '왜 나를 떠났을까, 왜 그런 생각을 했고, 왜 그렇게 말을 했을까.' 원래대로라면 앞으로의 여행에 들떠 기내식에 신나 하거나, 앞으로의 여정을 체크하고, 여러 편의 영화를 보며 감상에 젖어 있어야 할 시간이었다.

여행지에 도착했지만 순수하게 기쁘고 들뜬 마음은 채 절반도 되지 않았다. 공항에 도착해서도, 호텔에 도착해서도, 허기진 배를 채우기 위해 미리 찾아 둔 맛집에 가서도 마냥 기쁘지가 않았다.

그날 저녁 생각했다. 비싼 돈을 들여서, 많은 시간을 투자해서 얻은 지금 이 순간에 이런 생각을 하고 있는 게 과연 맞는 것인가. 이게 바로 시간 낭비, 돈 낭비, 감정 낭비 아닐까.

한없이 깊은 생각에 잠겼다. 생각의 끝을 달렸다. 그때 흔히들 하는 말이 떠올랐다. 바닥을 치고 나면 위로 올라오는 일만 남은 거라는 말.

생각도 마찬가지다. 끊임없이 고심하고 아파하다가 감정의 밑바닥까지 치고 나면, 오히려 품었던 고민으로부터 홀가분해지는 것.

첫날에는 그가 왜 나를 떠났을까, 내가 무엇을 잘못했을까, 그의 주변에 어떤 일이 생긴 걸까 따위의 생각만 끝없이 반복했다. 생각이 꼬리를 물다 보니 문득 '내가 지금 뭘 하고 있는 거지?' 하는 의문이 들었다. 비싼 돈을 들여, 소중한 시간을 들여 여행을 왔다. 현재를 마냥 즐기고 행복하게 보내기만 해도 시간이 모자란데 이런 생각이나 하고 있다니, 완전 시간 낭비고 돈 낭비고 감정 낭비네.

곰곰이 해결책을 생각했다. 나름대로 '어른스럽게' 생각하려고 노력하면서. 어쨌든 이제 와서 그의 마음을 돌리는 건 불가능하며, 설령 할 수 있다 하더라도 크나큰 노력이 필요하다. 하지만 생각의 방향만 바꾼다면 손쉽게 낭비를 줄일 수 있다.

어쩔 수 없는 것들에 생각을 쏟기보다는 지금을 즐기고, 행복해하고, 순간을 가치 있게 여기면 낭비를 줄일 수가 있다. 시간 낭비를, 돈 낭비를, 감정 낭비를.

그렇게 생각한 뒤로는 여행이 즐거웠다. 처음엔 한국에서 가져온 생각에 발이 묶여 응달에 웅크려 있었지만, 끈을 풀고 한 발자국 걸어 나오니 환희에 가득 찬 여행이 되었다. 맑은 날씨가 행복했고, 단돈 몇 푼의 길거리 음식에도 신이 났다. 지금 눈앞에 놓인 걸 충분히 즐기니 낭비를 하지 않게 되었다.

낭비하지 말자.
지금을 즐기고, 현재에 행복해하자.
즐겁고, 꿈꾸고, 누리기에도 빠듯한
이 아름다운 시간을.

낭비 금지 2

중요하지 않은 사람 때문에

소중한

감정, 에너지, 시간을

낭비하지 말자.

예전에는 별것도 아닌 일에 쉽게 흥분을 했었다. 식당 종업원이 내 옷에 음료수를 엎질렀다든가, 난데없이 자동차가 빵빵댄다든가, 지나가던 아줌마가 묵직한 장바구니로 내 다리를 후려쳤다든가.

이런 일이 생기면 한 사람을 원망하느라 하루가 온통 엉망이 되곤 했다. 복수심에 불타오르다 못해 '어떻게 앙갚음하지?' 하면서 혼자만의 상상의 나래를 펼치기도 했다. 이제 와 생각해 보면 그것도 다 시간 낭비, 감정 낭비였다. 내게 있어 중요한 일도 아니고, 중요한 사람은 더더욱 아닌데 굳이 그런 일 하나하나에 신경 쓰고 시간을 쏟는 게 아까운 것이었다.

나는 주인공이다. 지나가는 행인 1, 2를 신경 쓰기엔 너무 바쁜 주인공. 그들을 각본에 포함시키면서 하나씩 배역을 주기에는 시간이 아깝다.

별로 중요하지 않은 것들에 신경을 쏟지 않아야겠다. 자신이 당한 만큼 그 사람도 당해야 한다는 불필요한 복수심은, 인생을 낭비하게 만들 뿐이다.

'그럴 수도 있지.' 라고 하며 한숨 한 번 쉬고 잊어버리는 것. 그것이 바로 낭비하지 않는 지름길이다.

술

술은

별것 아닌 것도
별것으로 만들어 버린다.

그래서 좋고
그래서 싫다.

"술 먹고 실수했다."

스무 살을 넘긴 성인이라면 이런 경험은 한두 번쯤 있지 않을까 싶다. 아침에 눈을 떴는데, 어제의 3시간이 3초 만에 머릿속에 스쳐 가는 그런 순간. 분명 나였지만 내가 아니었던 순간. 아니, 내가 내가 아니길 바라고, 현실이 현실이 아니길 바랐던 그 순간 말이다.

술에 취해 있었을 때는 필터링을 거치지 않고 생각한 바 그대로인 행동이었지만, 다음 날 정신이 돌아올 때쯤에는 물밀 듯이 충격의 쓰나미가 몰려온다.

"아… 왜 그랬지?"

돌이키고 싶지만 돌이킬 수 없는 순간. 타임머신 타고 어제로 돌아갈 수만 있다면 술잔을 드는 내 손을 턱! 잡아 "님아, 그 술을 마시지 마오"라고 말하고 싶은 그런 순간.

술 먹고 하는 말에도 진심이 섞여 있다고는 하지만, 때로는 그 진심이 왜곡되기도 하고 증폭되기도 한다. 그래서 마법 같은 존재라고나 할까, 술은.

맞은편에 앉은 상대가 더 아름다워 보이기도 하고, 무감도 호감이 되어 버리는 그런 신비의 물약 말이다.

물론 취중 진담이라는 말도 있지만, 누군가가 술 취한 채 쏟아 낸 이야기가 전부 진심이라고는 느끼지 못했던 적도 많다. 실제로 술 먹고 전화한 몇몇 이들을 겪어 본 결과가 그랬다. 그들은 평소보다 감정이 배로 증폭된 채로 전화를 걸어 온갖 세레나데를 보냈지만, 맨정신이 돌아온 후에는 언제 그랬냐는 듯 차가워지곤 했다. 그런 사람이 더러 있었다.

처음엔 '어머, 이 사람이 나를 이만큼 좋아했구나!' 라며 기뻐했지만, 두어 번 겪으니 의문이 들었다. 이 사람의 술 취해서 하는 말과 행동 속에는 과연 진심이 몇 퍼센트나 녹아 있을까 하는.

물론 진심의 농도를 지레짐작해 봤자 정확하지는 않겠지만, 많아 봐야 20% 정도만 녹아 있지 않을까 한다. 다음 날 맨정신으로 다시 전화를 걸어 사실은 이러저러했다고 진심의 농도를 솔직하게 이야기해 준 사람도 있었지만, 그 농도가 매우 옅었던 사람의 경우에는 '술김에' 라는 면죄부 밑에 사건을 묻어 놓고 다시 일상으로 넘어가기도 했다.

나 또한 감정이 식어서 헤어진 전 남자친구한테 술을

마시고 전화한 적이 딱 한 번 있었다. 술을 마셨을 당시엔 감정이 충만해져 전화번호를 눌렀으나, 다음 날 일어나 보니 술을 마셨을 때만큼 그 사람에 대한 진심의 농도가 짙지 않았다. 보고 싶어서 전화한 게 아니라 '전화하고 싶어서' 전화한 거였으니까. 진짜 마음의 농도는 20%였고, 나머지 80%는 술이 깨면 함께 사라져 버리는 비눗방울 같은 존재에 불과했다.

다음 날 그에게서 연락이 왔을 때, 나는 민망하게 웃으면서 말끝을 흐렸다. 어제의 나도 나였지만, 지금의 나는 마음의 농도가 짙지 않았으므로.

내게도 이런 경험이 있었기에, 누군가의 취중 진담을 듣게 되면 그 농도를 반의반 정도로 지레짐작하게 된다. 술을 먹고 한 행동에 진심이 전혀 없다고는 못하겠으나, 겨우 20% 정도의 진심만 담겨 있는 것으로 여겨진다.

그래도 이런 일은 고요한 일상에 잔물결을 일으키는 돌멩이 하나가 되기엔 충분하다.

술 취해서 한 말이니 진지하게 받아들이지 말고 그냥 흘려버려야지 하면서도, 한편으로는 '오렌지 농축액을 1%만 넣어 놓고서도 오렌지 주스라고 하는데, 진심이 전혀 없는 상태에서는 그런 말을 할 리가 없는 거 아닌가? 라는 생각이 들기도 하니까.

아무것도 아닌 걸 아무것으로 만들어 버리는 술은
그래서
좋을 때도 있었고,
나쁠 때도 있었다.

썰물

밀물처럼 몰아쳐 왔다가,

썰물처럼 빠져나가 버리는 사람이 있었다.

마른 모래였던 내 마음을 흠뻑 적셔 버리고는

물 자국만 짙게 남긴 채

저 멀리 수평선 너머로 다시 사라져 버렸다.

마음이 마른 모래처럼 한가롭게 햇볕을 받고 있는 때가 있다. 다소 건조하고 푸석할지라도, 아무 일도 일어나지 않는 것이 다행인 날. 그저 고요하게 하루를 지내는 때가.

그러다 갑자기 바닷물이 들어오기도 한다. 모래를 슬며시 적시면서 일상에 작은 변주곡을 만드는 그런 순간. 첫인사는 조용했지만, 하루하루 대화를 이어가면서 점점 일상을 비집고 들어오는 모습.

그건 마치 바짓자락이 젖는 것도 모르도록 조용히 다가오는 밀물과도 같았다. 쉽게 마음을 내주지 않아야지 마음먹지만, 어지간해서는 마음대로 되는 게 아니다. 어느새 나도 모르게 밀려든 물살에 몸을 맡긴 채 둥둥 떠다니게 된다.

그런데, 슬프게도 달의 인력이 금세 나에게까지 영향을 미치고 만다. 밀려온 밀물은 건조했던 마음을 적셔놓고는, 곧 썰물처럼 빠져나간다. 마른 모래였던 백사장에 다녀간 물 자국만 짙게 남긴 채 멀리 가 버린다.

이 물 자국도 금세 옅어지겠지만.

밀물과 썰물이 반복되는 이곳에

영원한 파라다이스는 없을까.

진심의 무게

가벼운 인연을 무겁게 대하면
서로 어긋나기 일쑤였고,

상대가 바라는 것만큼
내 진심의 무게가 미치지 못하면
그것 또한 예의가 아니었다.

사람과 사람 사이에 연결 고리가 만들어질 때
그 고리의 무게를 가늠하는 건 언제나 어렵다.

사람을 만날 때 진심의 무게를 엇비슷하게 맞추는 것은 언제나 어렵다. 상대방에게 담아 건넨 진심의 무게보다, 돌아오는 진심은 훨씬 더 못 미칠 수도 있다. 또는 반대인 적도 많았다. 그리 중요하게 생각하지 않았던 사람에게 필요 이상으로 무거운 진심을 받았을 때. 그럴 때면 어쩔 줄 몰라 하기도 했다.

짧은 시간에 가까워진 사람이 있었다. 급히 친해진 만큼 서로 잘 맞는다고 생각했더랬다. 이런 얘기, 저런 얘기도 하면서 웃음꽃을 피우는 것으로 관계의 시작을 장식했다. 그런 만큼 속에 담아 두었던 이야기도 진심을 담아 하곤 했다. 지금 생각해 보면 필요 이상으로 나를 많이 드러냈던 건지도 모른다. 그런데 시간이 지나자 상대는 거북한 내색을 보인다. 우리는 그렇게까지 가까운 사이가 아닌데, 너는 왜 이리 진지하게 다가오느냐고. 관계의 무게에 비해 무거운 이야기를 주고받는 건 부담스럽다고 말이다.

아, 저울질을 잘못했었나 보다. 상대방이 주는 진심의 무게와 내가 주는 진심의 무게를 맞추었어야 했는데. 이건 계산이 아니라 계량의 문제였다.

상대방에게서 받은 진심이 내가 건넸던 진심의 무게에 미치지 못한다고 느낄 때도 허무한 것은 마찬가지였다. 물론 진심을 준 건 오직 내 의지였고, 해 준 만큼 똑같이 받길 바라는 것은 어리석은 보상심리일 뿐이다. 서운하게 여겨서도 안 된다. 하지만 다치고 상처받는 마음은 어쩔 수 없었다. 나 자신을 위해서는, 진심의 무게를 어느 정도 덜어 낼 필요가 있었던 거다.

반면 상대가 생각하는 진심의 무게만큼 마음을 주지 못할 때도 있었다. 오히려 이런 상황이 더 머쓱하기만 하다. 상대가 다가오는 만큼, 나를 신경 써 주는 만큼 무게를 맞추지 못할 때. 자의든 타의든, 일이 바빠서든 관심이 없어서든. 어떠한 핑계건 간에 받은 만큼 주지 못하는 것 또한 마음 편한 일은 아니었다.

누군가와 주고받는 진심의 무게를 맞추는 건 언제나 어렵다. 차라리 휴대폰 배터리 잔여량 표시처럼 몇 퍼센트라고 이마에 쓰여 있으면 좋으련만.

이렇듯 서로에 대해 잘 모르기 때문에 좀 더 조심스럽고, 좀 더 신경 쓰면서 사람을 만나는 것 아닐까. 거짓된 진심만 아니면 된다.

그 무게를 맞춰 가는 과정이

바로 사람과 사람이 함께 살아가는 과정이라고

생각하는 게 좋을 것 같다.

인간관계

인간관계에서

애끓지 않는 방법 중 하나

오는 사람 막지 않고

가는 사람 잡지 않고

모드

모든 사람이 나를 좋아해야 한다는 생각을 기본으로 깔고 가는 순간 불행은 시작된다. 누군가가 자신을 떠났을 때, 그 이유를 찾는 것은 무의미한 일이다. 물론 자신이 엄청나게 크고 분명한 실수를 저지르지 않았다면 말이다. 친구, 동료, 이성과의 모든 인간관계에서 누가 누구를 좋아하고, 누가 누구를 싫어하는 것은 의지로 어떻게 할 수 없는 일이니.

학창 시절 짝사랑했던 아이를 보며 왜 나를 안 좋아할까, 어떻게 하면 나를 좋아하게 만들 수 있을까 고민하곤 했다. 그건 밤새워 공부하며 시험 문제를 푸는 것보다도 어려운 일이었다. '얼굴이 좀 더 예뻤더라면', '몸매가 좋았더라면' 하는 수많은 가정법은 영어 문법을 공부할 때보다 짝사랑을 하면서 더 많이 습득했었다.

하지만 이제는 알 것 같다. 모든 가정법은 핑계에 불과할 뿐, 사람과 사람이 만나 호감을 느끼는 건 누가 억지로 어떻게 할 수 없다는 사실을.

나 또한 마찬가지였다. 누군가를 좋아할 때는 이유 없이 마음이 끌렸고, 누군가를 싫어할 때는 딱히 그럴듯한 이유를 찾기 어려웠다. 설령 싫어하는 이유를 찾았다 하더라도, 그 이유가 아니었다면 그 사람을 좋아했을까 하는 의구심이 드는 건 마찬가지였다.

이젠 호감을 표시하며 다가오는 사람은 두 팔 벌려 환영하되, 뒤돌아 떠나는 사람은 굳이 붙잡지 않는다. 나 또한 누군가에게 그랬던 사람이니까.

모든 사람이 나를 좋아할 수는 없다.
모두가 날 좋아하게 만들기 위해 애쓴다 한들,
결국은 나만 피곤해질 것이다.

새드엔딩이어도 괜찮다

새로운 사람과 알아 가는 과정에서
굳이 스포일러를 하진 말자.

결말은 중요하지 않다.
영화를 감상하는 게 중요할 뿐.

2시간짜리 영화가 있다. 장르는 로맨스다. 그런데 영화가 시작한 지 10분도 채 안 됐을 무렵, 결말이 궁금해지기 시작한다. 궁금증을 견디지 못하고 네이버에 스포를 찾아본다.

그럼 영화를 보는 게 무슨 의미가 있을까? 결말이 해피엔딩이든 새드엔딩이든, 울고 웃고 감동하고 즐기기 위해 보는 것이 영화인데.

새드엔딩이어도 괜찮다.
그렇게 몇 편 보고 나면,
어느새 영화 평론가가 되어 있을 테니.

인연

인연은

어디에나 있고
어디에도 없다.

'인연이다, 인연이 아니다' 라는 말은 무책임하지만, 어떤 면에서는 속 편한 말이 되기도 한다.

인연을 찾아다닐 때가 있었다. '이 사람이 아니면 안 돼.' 하는 마음으로 한 사람에게 매달리기도 했고, 관계가 틀어질 때면 인연의 끈을 놓지 않기 위해 발버둥을 쳤다. 'Someone' 에서 'No one' 으로 변해 버린 인연 앞에서 세상 끝날 듯이 울기도 했지만, 시간이 조금 지난 후에 인연은 그 사람 한 명이 아니었다는 걸 깨달았다. 그걸 깨닫고 나니 그다음 인연이 또 왔더랬다.

그렇게 몇 번의 인연을 만나고 나니, 이제 누군가와 잘 풀리지 않는 것 같으면 이런 생각을 하곤 한다. '이 사람과는 인연이 아니구나.' 이렇게 생각한 후부터는 믿었던 인연이 끝끝내 틀어지더라도 굳이 노력해서 다시 이어 붙이려고 하지 않았다.

오히려 속 편하기도 하다. '자, 그럼 다음 인연?' 하면서 다른 사람을 찾으면 되니까. 굳이 지나간 인연을 붙잡으려 애써 노력하지 않는다. 무책임한 것 같지만, 마음을 다치지 않게 하는 최선의 방법이다.

어차피 이 사람이 인생의 유일한 인연은 아니고, 그렇기 때문에 애걸복걸할 필요가 없다는 걸 알면 세상이 좀 더 편해진다. 우리의 인생은 소설이나 영화가 아니다. 운명의 주인공들이 만들어 내는 극적인 서사는 없다는 걸 깨달아야 한다.

농부의 자세

누군가 내 마음을 쟁기로 들쑤셔 놓을 때
그곳에 씨앗을 심자.

훗날 큰 나무가 자랄 것이니.

상처받지 않고 살아가는 이가 있을까.

살면서 열심히 준비하던 일이 잘 풀리지 않는 경우는 허다하다. 정말 가고 싶었던 회사는 면접 끝에 불합격 통보를 받거나, 자신만만하던 시험에서 예상외의 실망스러운 결과를 얻는 경우도 많다.

개중에서도 사람에게 받는 상처는 유독 쓰라리다. 무심코 던진 말 한마디든, 명치를 한 방 얻어맞은 것 같이 자존심을 상하게 하는 말이든 다른 사람으로부터 부정적인 말을 듣게 되면 마음을 후벼 파는 것 같은 느낌이 들곤 한다.

푹신한 흙이 고르게 퍼져 있는 마당에 누군가가 땅을 힘껏 후벼 파 놓을 때가 있다. 상대방이 의도한 말이든 의도치 않은 말이든, 크고 둔탁하거나 예리하고 날선 갖가지 모양의 쟁기로. 마음속 마당은 여기저기 구멍이 파이고 흙이 사방팔방으로 흩뿌려지며 난장판이 된다.

어릴 땐, 군데군데 흙이 널브러져 있는 마당을 그대로 내버려 두고 어쩔 줄 몰라 발만 동동 굴렀다. 쓸쓸하게 파여 있는 구멍들 사이로 차가운 공기만 맴돌았다. 나름대로 열심히 한다고 한 일에 꾸중을 듣거나, 친구들과의 모임에서 쓴소리를 듣거나, 연인과의 관계에서 모진 통보를 듣거나.

마음의 마당에 쟁기질을 하는 사람은 많았다. 그들이 들쑤셔 놓은 구멍을 바라보다가 생각했다.

'가만히 있지 말자. 이왕 구덩이가 파인 김에 씨앗을 심자. 구덩이를 그대로 두면 낭비겠지만, 그곳에 씨앗을 심으면 투자가 될 테니.'

눈앞의 돌멩이도 어떻게 바라보느냐에 따라 쓰임새가 달라진다. 길을 가로막는 장애물이 되든지, 더 높이 도약하기 위한 디딤돌이 되든지.

누군가가 마음에 쟁기질을 하는 것은 오히려 나를 성장시키는 일이 되었다. 나름의 방식으로 열심히 한 일에 꾸중을 들을 때면 '아, 이런 방식이 마냥 정답은 아니구나. 다른 방법이 있고 다른 사람들은 이렇게 생각하는구나.' 하는 것을 깨닫게 되었다. 그렇게 더 성장한 방법으로 일을 해내려고 노력했다. 만약 아무도 내가 한 일에 지적을 해 주지 않았다면 메마른 땅 그대로, 그 수준에 머물렀을 것이다. 누군가 쟁기질을 해 준 덕분에, 그곳에 씨앗을 심고 꽃을 피울 수 있었다.

사람과의 관계도 비슷했다. 고르게 퍼져 있던 마른 땅을 헤집어 놓는 사람들은 많았다. 누군가는 나의 모습 중 마음에 들지 않는 부분을 이야기해 주었고, 누군가는 서로 의견이 맞지 않아 신경 싸움을 했던 적이 있었고, 누군가는 성격이 맞지 않는다고 생각해 말없이 나를 떠났던 적도 있었다.

생각했다. 왜 우리는 이렇게나 다를까, 왜 그들은 내가 원하는 대로 움직여 주지 않을까. 상대의 입장에서도 생각해 보고, 상대가 그럴 수밖에 없었던 상황에 대해서도 생각해 보고, 내 생각이 전부 정답은 아니라는 것을 계속 되뇌었다.

하나의 좌절을 통해 최대한 많은 교훈을 얻으려고 노력했다. 더 나은 나를 위해서. 더 나은 내일을 위해서. 거친 흙바닥을 헤집어 준 사람과 상황에 고마워하며.

덕분에 나는 그곳에 씨앗을 심고,

더 자주 들여다보며, 꽃을 피울 수 있게 되겠지.

덕분에 나는 아무것도 없는 마른 땅보다는,

꽃과 나무로 우거진 아름다운 숲을

만들 수 있게 되겠지.

말의 무게

말에 진심이 담기면 무겁기 마련이다.

그래서

들어 보면 안다.

사회생활을 오래 했더니, 이제 영혼 없는 말도 제법 잘할 수 있다. 거짓말은 아니지만 진심 또한 100% 순수하게 담겨 있지는 않은 말들.

그런데 이런 말을 할 때면 자신이 가볍게만 느껴진다. 진심이 담기지 않은 말은 순간의 재치를 뽐내는 좋은 방법이 될 수도 있다. 하지만 그만큼 허공으로 금세 흩날려 버리는 헬륨 풍선처럼 가볍게 느껴진다.

이런 말은 들을 때도 마찬가지다. 남의 귀에 듣기 좋은 말만 하는 사람, 자기 자신을 포장하려고 하는 사람들의 말에는 진심의 무게가 묵직하게 담겨 있지 않다.

아무 생각 없이 던진 가벼운 한마디가 과연 어떤 의미를 가지게 될지 주의해야겠다. 아무 의미도 갖지 않고 허공에 흩뿌려지는 말이라면, 때론 하지 않는 것도 방법이다.

환불 불가

경험에 감정이 더해지면

환불 불가다.

좋든,

싫든.

사건 그 자체만으로는 마음속에 잘 새겨지지 않는 경험이 있다. 사건이 일어나고, 감정이 생겨나야 기억에 더 잘 남는 것 같기도 하다. 어떤 물질과 또 다른 물질이 만나 화학 반응을 일으키는 것처럼 말이다.

누군가가 내게 좋아한다고 고백한다. 별 신경 안 쓴다. 아무 생각도 들지 않는다. 그냥 '그런가 보다' 하고 생각한다. 장기 기억에 저장되지 않고 곧 휘발되어 날아가 버릴 수도 있었다.

어떤 사소한 사건이 생기고 나서야, 그에 대해 감정을 갖게 되었다. 불쾌한 감정이든, 호감의 감정이든. 그때부터는 환불이 불가능하다.

해피엔딩이든 새드엔딩이든, 감정이 생겨 버리니 마음속에 오래 남는다. 되돌릴 수도 없이.

그렇게 기억 속에 남는다.
환불이 불가능하다.

금사빠

금사빠의 단점은

금방 사랑에 빠진다는 것이다.

금사빠의 장점은

금방 사랑에서 빠져나온다는 것이다.

이성을 만날 때는 서서히 알아가면서 호감을 가진 경우보다 한눈에 사랑에 빠진 경우가 더 많았다. 친구들이 금사빠라고 놀릴 때는 이렇게 답했다. 그만큼 스펙과 조건 대신 솔직하고 직관적인 눈으로 사람을 보는 거라고. 덕분에 맘고생도 참 많이 했다. 성격이 급해서 그런지, 내가 마음을 주는 만큼 상대가 돌려주지 않으면 조급해했던 것 같기도 하다.

반면 사랑에서 빠져나올 때도 금사빠였다. 때로는 단점이라고 생각했던 LTE급 금사빠에도 좋은 점이 있다는 걸 깨달았다. 사람들이 보편적으로 사랑에 빠지는 속도에 비해 내 속도가 훨씬 더 빨랐던 만큼, 사랑에서 빠져나오는 속도 또한 남들보다 빨랐던 거다. 헤어짐을 겪은 순간에는 풀이 죽어 힘들어해도, 다시 정상으로 돌아오는 회복 속도는 빨랐다.

나와 비슷한 동지들이 어딘가에 있겠지. 당신이 너무 쉽게 사랑에 빠져서 고민이라면, 사랑에서 쉽게 빠져나올 수 있다는 것에도 자부심을 가지길 바란다.

기억의 변두리

지금은 내 마음의 한복판에서
부산스럽게 돌아다니고 있지만,

언젠가는 저 멀리 흐릿하게 보이는
기억의 변두리에서

이따금씩 얼굴만 비치겠지.

마음 한복판이 휑하게 비었던 적은 거의 없었다. 짝사랑하던 아이에게 연락했다가 거절당한 일, 중요한 발표에서 실수한 일, 아니면 교통사고가 나서 상대편 아저씨와 신경전을 벌였던 사소한 일까지.

하나의 사건이 터지면 그 상황이 계속 마음속에서 반복 재생되었다. 그럴 때면 당시 사건의 등장인물들이 마음속을 계속 돌아다니면서 나를 어지럽게 했다. 마음에 걸렸던 사건과 그때의 상황이 반복 재생되면서 심란하게 하는 것이다. 한동안은 무한 반복되는 연극 때문에 시끄러워서 잠을 잘 수가 없었다. 현실에 집중도 안 되고.

하지만 시간이 지나면 그들도 결국 지치나 보다. 마음 한복판에서 부산스럽게 돌아다니다가도 어느샌가 보면 저 변두리로 물러나 있다. 그러다 보면 또 어느샌가 보이지도 않는 희미한 곳까지 멀어져 있다. 이제는 내 쪽에서 먼저 소리쳐 불러 봐도 잠깐 뒤만 돌아볼 뿐, 저 멀리 반대쪽을 향해 걸어가고 있다. 떠올려 보려고 애를 써도 감정은 빠진 채다. 언뜻 머릿속을 스쳐 지나가기만 할 뿐, 다시 기억의 저편으로 사라지는 것이다.

언젠간 멀어져 간다. 지금 나를 괴롭히는 것들도, 결국 저 멀리 변두리로 멀어져 가겠지. 소리쳐 불러도 뒤돌아보지 못할 만큼.

언젠가. 그렇게 멀리.
기억 저 너머로.

괜찮아

괜찮아.

나는 나만의 집이 있으니까.

누군가의 집에서 쫓겨난 게 아니라,

잠시 외출했다가

다시 내 집에 돌아온 것뿐이니까.

일상을 공유하던 사람과 인연을 끊는다는 것은 참 가슴 아픈 일이다. 그게 누구든지 간에. 차라리 서로를 모르던 시절로 돌아가는 것이 더 낫겠다는 생각까지 들기도 한다. 그만큼 애달픈 새드엔딩으로 느껴지는 때가 있다.

한 사람이 떠나고 난 일상은 도저히 일에 집중하지 못할 정도로 괴롭다. 그 사람이 떠나던 순간만 머릿속에 맴돈다. 저녁에 잠이 들 때도, 아침에 눈을 뜨는 순간에도.

그럴 때면 마음속의 집을 억지로라도 떠올리려고 노력한다. 마음속 집을 어떻게든 그려 내고 나면, 자신에게 이렇게 말하곤 한다.

"괜찮아. 나는 누군가의 집에서 쫓겨난 게 아니야. 잠시 외출했다가 집에 돌아온 거야. 다시 돌아올 아늑한 집이 있다는 사실만으로도 얼마나 안심이 되는지.

누군가와 이별한 것이 아니라, 잠시 산책하러 나갔다가 우산도 없이 비를 흠뻑 맞은 것뿐이야. 다시 집에 돌아왔으니 이제 따뜻한 물에 샤워하고 뜨끈한 코코아를 마시면서 쉬면 되는 거야. 아늑한 내 방, 내 침대에서 한숨 푹 자고 나면 괜찮아질 거야."

완전한 만남

사람과 사람이 만날 땐
각자가 완전한 상태에서 만나야지,

스스로 불안정한 상태에서 만나 버리면
그 틈으로
불신과 집착과 질투와 욕심이 스며들어
건강하지 못한 관계가 되는 것 같다.

'누군가를 만나야 하는데' 하며
조바심을 내기 전에

본인 스스로 온전한 상태인지
점검해 볼 필요가 있는 것 같다.

몇몇 친구들은 가끔 이런 고민을 털어놓는다. '외롭다. 그래서 누군가를 만나고 싶다.'

사실, 외롭다는 이유로 누군가를 만나는 것만큼 위험한 일은 없다. '그 사람을 만나고 싶어서 그 사람과 사귀는 것'이어야지, '누구라도 만나고 싶어서 그 사람과 사귀는 것'은 두 사람 모두에게 건전하지 않은 관계가 되기 일쑤다. 만남의 이유는 사람에 있어야 한다. 외부의 요인들 말고.

조급한 마음에 누군가를 만나게 되면 보상 심리가 생기기 마련이다. 그동안 부족했던 사랑, 관심을 보상받고 싶으니 마음을 내놓으라고 하는 것과 같다. 보상 심리가 생기게 되면 두 사람 사이의 관계는 건강하지 못한 채로 삐걱거릴 가능성이 커진다. 사람과 사람이 만날 때 개개인이 불안정한 상태라면, 그 부족한 부분을 상대에게서 메꾸고 싶은 마음이 생기니까.

누군가를 만나고자 하는 이유가 외로워서, 누군가를 만나야 할 것 같아서, 연애를 안 한 지 오래돼서, 이젠 결혼을 해야 할 것 같아서가 아니었으면 좋겠다. 그냥 '그 사람이라서' 만나는 것이었으면 좋겠다.

사람과 사람이 만나면 숫자 '2'가 되어야 완전해진다. '1+1=2'가 되어야 한다는 뜻이다. '0.5+0.5=1'은 불완전한 관계가 될 수 있으므로.

오롯이 혼자서도 완전한 상태여야 누군가를 만나서도 건강한 관계를 유지할 수 있지 않을까. 사람을 만나고자 할 때는 자신이 완전한 상태인지를 먼저 점검해 봐야 한다.

진심은 로켓 배송처럼

중간 물류가 많으면

택배가 늦게 도착하거나

잘못 배송될 가능성이 높은 것처럼,

생각이 많으면

진심이 전달되지 않거나

왜곡되어서 전해지기 마련이다.

사람과 사람 사이에 사건이 벌어진다. 그 사건이 무엇이든 좋다. 이제 사건을 해결해야 할 상황에 놓였을 때, 방법에 따라 해결되는 속도와 정확도가 달라질 수 있다.

만일 서로가 껄끄러운 주제에 대해 단도직입적으로 말하지 않고 빙 에둘러서 말하거나, 최악의 경우 회피를 한다면 일은 결코 해결되지 않을 것이다. 서로를 생각한답시고 해결을 미루는 것도 옳은 답은 아닐 것이다. 다른 사람을 끌어들이거나, 주제에 어긋나는 말만 하는 것도 빠른 해결에 도움이 되지 않는다. 생각만 오래 해 봤자 문제가 알아서 풀리지는 않는다. '이렇게 말하면 알아듣겠지.' 지레짐작하는 것도 위험하다.

하고 싶은 말이 있다면, 그것으로 상황을 해결하려고 한다면, 최대한 정확하고 빠르게 마음을 전해야 한다. 진심만 충분히 담으면 된다. 진심을 굳이 묵혀 두고 있다가 색이 바래고 상태가 변질될 때까지 놔두지 않아야겠다.

지나간 버스

지나간 버스는 돌아보지 마.

곧

다음 버스가 올 테니.

지나간 일에 미련과 후회를 갖는 것은 당연한 일이다. 정류장을 향해 걸어가고 있는데 타야 하는 버스가 막 떠나 버린 순간처럼. 힘껏 달려 봐도 탈 수 없는 상황에서, 이미 떠나 버린 버스 뒤꽁무니만 보며 허탈한 한숨을 내뿜는다. 이미 가 버린 버스를 한참 쳐다보다가 이내 온갖 후회를 하기 시작한다. 이러지 말걸, 저러지 말걸. 왜 먼저 떠났지, 왜 나를 기다려 주지 않았지.

이미 떠나 버린 버스에는 미련을 두지 말자. 미련으로 서성거려 봤자, 이미 가 버린 버스는 돌아오지 않는다. 잘 가다 말고 저 앞에서 유턴해서 돌아올 일은 없다.

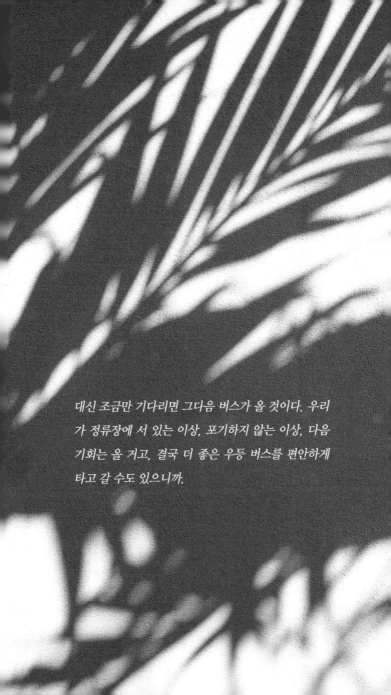

대신 조금만 기다리면 그다음 버스가 올 것이다. 우리
가 정류장에 서 있는 이상, 포기하지 않는 이상, 다음
기회는 올 거고, 결국 더 좋은 우등 버스를 편안하게
타고 갈 수도 있으니까.

유일한 이유

이유가 궁금했다.

내가 그 입장이 되어 보니
알 수 있었다.

이유가 없는 게
이유였다.

사람이 사람을 좋아하고, 사람이 사람을 좋아하지 않는 데에는 별다른 이유가 없다.

한때 누군가가 나를 떠나면 그 이유를 찾으려 애썼다. 뭘 잘못했던 걸까, 무슨 행동을 하지 말았어야 했나, 어떤 말 때문에 떠난 건가, 이러지 말았어야 했나. 프로파일러처럼 그동안의 행적을 하나씩 디테일하게 살펴보며 단서를 찾으려 했던 것이다.

하지만 내가 먼저 누군가를 떠났던 경우를 생각해 보면, 딱히 이유가 없었다. 굳이 말하자면 이유는 딱 하나, 이유가 없었던 것이다.

마음이 가는 이유도, 마음이 가지 않는 이유도 마찬가지다. 그렇기 때문에 우리는 이유를 찾으려고 굳이 애쓰지 않아도 된다. "나를 왜 좋아하나요?" 혹은 "나를 왜 좋아하지 않나요?"라는 질문을 애처롭게 던지지 않아야겠다.

이유가 궁금해서 던진 질문이겠지만,
이유가 없는 게 이유일 수도 있을 테니까.

포스트잇

사람 마음은 포스트잇 같아서
처음엔 찰싹 잘 달라붙지만,

몇 번 떼었다 붙였다 하면서
먼지가 끼고 모래가 들어간다.

그렇게 점점
접착력이 약해지는 것 같다.

처음엔 서로 좋아 죽다가 몇 번의 다툼을 겪고는 곧 이별을 선언하는 연인들을 자주 본다. 그 광경은 마치 접착력이 강한 포스트잇 같다. 처음엔 서로에게 강한 끌림을 느끼고 찰싹 붙을 수 있는 것이다. 그렇게 지내다 보면 어느 순간 다툼이 생긴다. 그 다툼도 서로 존중하는 마음을 가지고 건강한 방법으로 잘 해결하려 한다면, 포스트잇처럼 떼었다 붙였다 해도 처음과 같은 접착력을 유지할 수 있을 것이다.

그러나 서로 마음의 응어리를 남긴 채 완벽하게 화해하지 못했다면 관계는 불안해진다. 그럴 때 갈등을 만나면, 그래서 잠시 포스트잇이 떨어질 때면 그 사이로 모래나 먼지들이 끼어 버린다. 처음 몇 번이야 다시 잘 달라붙겠지만, 갈등이 반복되다 보면 언젠가는 접착력을 잃지 않을까. 다시 붙이려 해도 힘을 잃은 낙엽처럼 바닥으로 떨어지지는 않을까.

어른이 되는 과정

어른스럽게.

어른스럽게 말하자,
어른스럽게 행동하자.

다짐을 하긴 하는데
어떻게 해야 어른스러운 건지
아직도 잘 모르겠다.

이걸 찾아가는 과정이야말로
어른이 되는 과정인지도.

학생 때는 비슷한 또래 아이들과 어울리는 시간이 많았다. 비슷한 상황과 비슷한 경험이 주어졌고, 거기에서 오는 감정과 생각도 비슷했다. 우리 앞에는 모두 똑같은 사과 한 알이 놓여 있었다. 우리는 그 사과를 보면서 참 예쁘다, 맛있겠다, 상큼하다 따위의 비슷한 생각을 했다. 아무것도 아닌 사과 하나에도 까르르 웃음이 터지기 일쑤였다.

하지만 회사에 들어오니 사람들의 스펙트럼이 넓어졌다. 안양천에서 물장구나 치면서 살다가 갑자기 한강으로 흘러나온 느낌. 기껏해야 돌덩이 몇 개 위를 폴짝폴짝 건너다니다가 쭉 뻗은 양화대교와 강변북로에 오게 된 것이다. 또래들을 이끌고 몰려다녔던 대학과 달리, 회사에서는 나보다 나이가 훨씬 많은 사람들과 함께 생활해야 했다. 친구들에게 하듯이 감정을 모두 드러내면서 투정 부리고 깔깔거릴 수 없는 곳이었다. 말 그대로 어른들의 세계였다. 부탁할 때, 거절할 때, 문제가 닥쳐서 해결해야 할 때, 의사 결정을 해야 할 때, 상급자에게 보고해야 할 때 등등. 어린이로서의 사고방식과 행동은 버리고 어른들의 세계에 맞추어 모든 것을 바꿔야 했다. 컴퓨터로 치면 소프트웨어 업그레이드라고나 할까. 똑같은 상황에 직면했을 때 어쩔 줄 몰라 하며 요동치는 감정을 느꼈던 나와 달리, 옆에 있는 어른들은 차분했다. 해결 방법도 어른스러웠고. 어른들과 같이 생활하다 보니 어른들의 사고방식, 태도, 행동을 동경하고 따라가려고 했었다. 물론 반대의 경우도 있었다. 갈등이 있을 때 분명히 나보다 어른인데도 비슷한 수준으로 싸우는 사람을 보면, '저분은 어른스럽지 않다.'는 생각이 들기도 했다. 나 역시 나잇값을 못 하는 어른으로 보이지 않길 바라며 좀 더 어른스럽게 행동하려고 노력했다.

이렇게 배울 점을 찾고, 배우지 말아야 할 점을 찾아가면서 어른으로 성장해 가고 있다고 느낄 때가 있다. 대학교를 막 졸업하고 갓 취직했을 때의 나와 지금의 나를 비교해 보면, 확실히 참 많이 어른스러워졌다는 생각이 들 때가 있다. 아직은 갈 길이 멀긴 하지만.
이제는 비단 회사 생활뿐만 아니라 친구들과 있을 때, 이성을 만날 때도 어른스러운가를 먼저 생각하게 된다. 친구 혹은 연인과 갈등이 생겼을 때, 문제를 해결

해야 할 때, 무언가를 결정할 때. 현재의 감정에만 휩쓸려 즉흥적으로 결단을 내리던 어린 시절을 넘어서야 하니까. 좀 더 미래를 내다보고 이성적인 행동을 해야겠다는 마음을 먹는 것이다. 당장 머릿속에 떠오르는 대로 행동하기엔, 더 어른스러워져야 하는 순간들이 많아지고 있다.

그런데도 아직 잘 모르겠다. 인생이라는 시험은 정해진 범위 내에서만 출제되지 않는다. 시험 문제는 공부했던 범위 밖에서 끊임없이 출제되고, 매번 만나는 문제는 나를 힘들게 한다. 어린이가 아닌 어른으로서의 나는 도대체 어떻게 문제를 풀어야 할까. 어떻게 행동해야 '어른스러운' 것일까.

운명일까

다시 만난 운명일까.

끝내라고 던져 준 우연인 걸까.

첫 만남은 아쉽게 흩어졌지만, 우연히 두 번째로 만나게 된 이가 있다. 서로 신기해하며 못다 이룬 첫 번째 만남의 이야기를 이어갔다. 이렇게 만난 것도 인연이고 운명이라며 의미 부여를 했더랬다.

의미 부여가 과도하면 더 많은 걸 기대하게 되나 보다. 조금만 어긋나도 '이러면 안 되는데…' 라는 생각이 들었으니까. 그렇게 운명이었던 인연이 해피엔딩으로 끝나지 않는 걸 보고 생각했다.

신이 우리를 두 번째로 만나게 한 이유는
운명이라서가 아니라,
첫 만남의 아쉬움은 잊고
이제는 끝내라고 던져 준 기회일 거라고.

지나고 보니 운명

운명은 예견하는 것이 아니다.
오히려 지나고 나서 깨닫는 것 아닐까.

'이거 운명인 것 같아' 라고 생각했을 땐
후회하기 일쑤였고

그때는 몰랐지만,
지나고 보니 운명인 것 같았던
순간이 있었다.

어린 시절 동화를 많이 읽어서인지, 아니면 막장 드라마를 많이 봐서인지 운명이라는 걸 곧잘 믿곤 했다. 누군가와 신기한 공통점이 몇 개만 겹치면 '이건 운명이야!' 라고 생각했고, 이상형과 비슷한 사람이 나타나면 또 '이건 운명이야!' 라고 생각했다.

하지만 운명을 초반에 단정 지어 버리는 것은 나중에 맘고생으로 가기 딱 좋은 지름길이었다. 생각대로 정말 운명의 만남이었다면 동화 속 결말처럼 '행복하게 잘 살았답니다.' 로 끝났을 텐데, 결국 그러지 못했으니까. 이젠 처음부터 운명이라고 단정하는 것은 되도록 피하려고 한다.

반대의 경우도 있었다. 아무렇지 않게 우연이라고 생각했던 일들을 먼 훗날에서야 되돌아보고 운명이었다는 걸 깨달은 순간이. 이제 와 놓쳐 버린 걸 보면 그 또한 운명은 아니었을지도 모르지만, '운명이니까 둘이 잘해 봐.' 라고 밀어줬는데 나도 모르게 밀쳐 냈던 건 아니었을까. 어른이라고 생각했는데, 아직도 이런 걸 믿고 있다. 어른이 되려면 멀었나 보다. 운명이 있다고 믿는 게 편할까, 없다고 믿는 게 편할까. 아직도 풀리지 않는 숙제다.

다리 많은 의자

다리가 많은 의자가 되자.

어느 하나가 삐걱거려도

나머지 다리들로 굳게 버텨 내는.

다리를 많이 가지고 있어야 할 것 같다. 양다리, 삼다리 따위를 말하는 건 아니다. 안정적인 현재를 떠받치는 심리적인 지지대라고나 할까.

회사 일이 잘 풀리지 않을 때 '에이, 그래도 나는 사랑하는 연인이 있으니까 괜찮아.' 하고 생각할 수 있도록. 혹은 연애에 문제가 있을 때 '에이, 그래도 나는 집에 돌아가면 가족들이 있으니까 괜찮아.' 할 수 있도록.

보통은 시련이 닥치면 자신을 외발 의자라고 생각하는 경우가 많다. '매달릴 것은 이것밖에 없는데, 이것마저 안 된다면 폭삭 무너지고 말 거야.' 하고 말이다. 나를 존재하게 하는 유일한 다리라고 생각하는 것이다. 이 다리가 부러지면 인생의 의미가 없어지고, 실패한 인생이라고 생각하게 되는 외발 의자 딜레마에 빠지게 된다.

남자친구 혹은 여자친구만 바라보며, 그와의 관계에 따라 기분이 요동치는 경우도 해당된다. 조금이라도 상대가 서운하게 하면 오늘의 기분은 완전 바닥이 되는 것이다.

하지만 연인은 자신이 가지고 있는 여러 개의 다리 중 하나일 뿐이다. 가족, 친구, 지금 하고 있는 일, 공부, 자기 계발, 취미 등등 자신이 가지고 있는 여러 다리를 보지 못하고 연인에게만 의지하고 있는 건 아닐까.

오롯이 자신의 힘으로 튼튼하게 서 있기 위해서는, 지금 가지고 있는 소중한 것이 무엇인지 잘 살펴봐야 한다. 안정적으로 서 있기 위한 다리들을.

가을, 안녕

가을이 슬슬 떠날 채비를 한다.
떠나는 길목에서 낙엽 끝자락을 잡아 보지만
가랑비에 젖은 나뭇가지만 미끄럽게 쓸릴 뿐.

아쉬워하지 말자.
곧 겨울이 올 거니까.
곧 하얗게 눈이 내리고
창밖은 포근하게 물들 테니까.

한 사람과의 관계가 끝날 때쯤 느끼는 쓸쓸한 마음은 마치 가을 끝자락 같다. 나뭇가지에 단단히 매달려 있던 나뭇잎도 계절이 지나자 힘없이 떨어진다. 떨어지는 낙엽이라도 잡으려 손을 뻗어 보지만, 바람 소리만 공허하게 남을 뿐이다.

이미 낙엽의 색이 변해 버렸다면 푸르른 녹음의 순간으로 시간을 되돌리는 것은 불가능하다. 그러니 가을이 끝났다는 것에 연연하지 않아야겠다. 이 계절은 끝났을지라도, 그다음 계절이 기다리고 있으니.

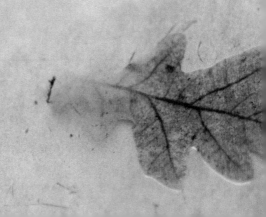

지금은 가을비에 축축해진 마음이 쌀쌀하게만 느껴질지라도, 곧 겨울이 오고 흰 눈이 내리면 세상은 다른 모습으로 또다시 아름다워질 거니까.

낭비하지 맙시다

후회되는 어제에
오늘을

우리,
충분히 아름다운
오늘을 살자

두려워하지 말자

두려워하지 말자.

새로운 도전은 각각의 음색을 만들어 낼 테니까.

그렇게 높은 음과 낮은 음을 만들어 가며

우리의 악보를 다채롭게 만들 테니까.

직장인이 되고 나니 하루하루가 종이 상자 속 포장지에 싸인 초콜릿들처럼 똑같기만 하다. 모든 하루가 기억에 저장되지 않고 임시 보관함에만 잠깐 머물다가 금세 휴지통에 버려지는 느낌. 오늘도 어제랑 똑같으니, 내일이라는 포장지를 벗길 때도 별 기대가 되지 않을 테다. 어차피 이미 알고 있는 그 맛일 테니.

'나이가 들수록 별다른 새로움 없는 일상이 반복되기 때문에 시간이 더 빠르게 흘러간다고 느낀다'는 말이 있다. 인간은 새로운 자극이 있어야 강렬한 인상을 받고, 그것을 장기 기억 속에 저장한다.

어렸을 때는 모든 게 새로운 자극이었다. 그래서인지 어른과 똑같은 24시간을 살아도 매시간을 꽉꽉 채운 알찬 하루 같았다. 하지만 어른이 될수록 새롭게 느껴지는 것이 없다. 웬만한 일들은 '이미 다 아는 거야.' 하며 시큰둥해지기 마련.

이런 이유로 24시간을 모두 기억하는 어린아이와 비교했을 때, 어른의 24시간은 기억이 다소 얼기설기 짜여 있는 편이다.

어쩌면 나는 나이 드는 게 싫어서 매일 똑같지 않은 하루를 살고 싶어 하는 것인지도 모르겠다. 어느덧 입사한 지 7년째 되는 중견 직장인. 지겹게 반복되는 직장인의 하루를 사는 것이 싫어, 매번 새로운 도전을 해 왔다. 그 시간이 쌓이고 쌓여 직장인 인생 7년에 높은 음도, 낮은음도 꽤 많이 생겨났다. 당시엔 그저 기쁘고, 또 그저 슬펐지만 지나고 보니 한 편의 악보가 완성된 것이다. 흘러가는 대로 매일 똑같은 음만 내면서 살아왔다면 음악은커녕 지루한 소음만 남겼을 텐데, 나름대로 악보를 다채롭게 꾸며 온 것 같다.

인생은 기억에 남는 순간을 차곡차곡 쌓으며 살아가는 것일지도 모르겠다. 반복되는 하루는 기억에 저장되지 않고 흘러가 버리니까. 이제라도 기억에 남는 순간을 많이 만들자. 좋은 순간이든, 나쁜 순간이든 그것들이 우리의 인생을 채워 갈 테니.

어차피 시간은 누구에게나 공평하게 흘러가고,
누구나 남은 인생 앞에서는 미숙한 존재이다.

당신은 지금 설레는가

설렘이 줄어든다는 건

현실에 안주하고 있다는 뜻 아닐까.

성장하고 있지 않다는 뜻 아닐까.

고등학생 시절에는 꿈을 찾아가는 일이 설레었다. 진짜 하고 싶은 일이 무엇인지 알아 가는 과정이 설레었고, 내가 정말 그 일을 할 수 있을까 미래를 그려 보는 것이 설레었다. 시험을 보는 것이 설레었고, 열심히 공부한 후 성적을 발표하는 날이 설레었다. 긴장되는 만큼 열심히 공부했다. 공부한 만큼만, 딱 그만큼만 성적이 나오곤 했지만 때로는 예상보다 높은 성적을 받은 날도 있었다. 그럴 때면 뛸 듯이 기뻤다. 학생회를 하면서 학생회장단을 준비하는 것이 설레었고, 축제를 준비하는 것이 설레었다.

대학생 시절에는 새로운 친구들을 만나는 것이 설레었다. 학교뿐만 아니라 동아리, 아르바이트하면서 만나는 새로운 사람들에게도 설레었다. 매 학기 중간고사와 기말고사에 긴장했고, 성적을 발표하는 날에는 설렘 반 걱정 반으로 들뜨곤 했다. 교환 학생이 되었을 때는 외국인 친구들을 처음 만나는 게 설레었다. 그곳에서의 생활은 하루하루가 설렘의 연속이었다.

취업 준비를 할 때는 나의 수준과 능력을 객관적으로 평가받을 기회라는 생각에 설레었다. 길지 않은 인생을 반추하면서 A4 용지 한 페이지에 삶을 요약해야 했던 순간, 단 몇 분 만에 나의 모든 것을 보여 줘야 하는 그 순간이 설레었다. 결과가 나오는 날이면 인생 어느 때보다 설레고 긴장되었다. 합격자 조회 화면에서 이름을 입력한 후 결과가 나오기까지의 로딩 시간은 어찌나 길던지. 찰나의 순간에 맥박이 몇 번이나 뛰는지 셀 수 없을 만큼 긴장도 했다.

그런데 회사에 들어온 후로는? 신입사원 때야 모든 것이 새로워 설레기도 했지만 그다음은?

1년에 한 번 평가를 받을 때, 3년에 한 번 팀을 옮길 때. 고등학교, 대학교 시절보다 설렘의 횟수가 현저하게 줄어든 느낌은 뭘까.

어린 시절에는 항상 들떠 있었다. 새로운 도전에 설레고, 새로운 사람들을 만날 때 설레고, 새로운 환경에 놓일 때 설레고. 하지만 지금은 매일 똑같은 사무실, 매일 똑같은 하루, 매일 똑같은 일과 속에 숨어 버린 설렘을 찾기가 힘들다.

설렘의 시기를 지날 때마다 뭔가를 만들어 왔다. 그게 실패하든 성공하든. 한 줄의 선 같은 일상을 손으로 튕기며 새로운 음을 만들어 냈다. 그렇게 만든 음이 모여

인생을 연주했다. 새로운 도전 앞에 설렘을 느끼며, 결과에 연연하지 않고 다양한 음색을 만들었다. 삶이라는 노래를 만들었다.

하지만 지금의 삶에는 설렘이 없다. 아무것도 하루를 튕기지 않고, 그렇기에 어떠한 음도 나지 않는다. 그저 조용할 뿐이다. 조용해서 좋은 순간은 잠시일 뿐. 결국 아무 노래도 나오지 않는다. 인생이 노래로 가득 차야 살아 있는 것 같은데, 노래를 만들어 내지 않으니 그대로 멈춰 버린 것 같다. 살아가고 있지 않은 느낌이라고나 할까.

그래서 더더욱 이것저것 해 보려고 한다. 무언가가 일상을 튕길 수 있도록 만들기 위해. 새로운 도전을 하고, 새로운 사람을 만나고, 새로운 환경에 나 자신을 던지면서. 그것이 비록 몸을 지치게 할지라도 좋다. 그것이 언제나 좋은 결과만 가져오지 않는다고 할지라도 좋다.

다양한 음색을 내면서 음악을 만들어 가고 싶다.

살아가는 이유가 되어 주는 설렘이라는 음악을.

나이의 속도만큼

나이가 들어가는 속도만큼

성숙해지고 있는 걸까, 나는.

20대까지만 해도 해가 넘어가는 건 그다지 대수롭지 않은 일이었다. 그냥 '달력이 바뀌는구나.' 정도. 하지만 서른 언저리가 됐을 무렵부터 그 이상이 된 지금, 한 살 한 살 먹어 가는 게 예년처럼 가볍게 느껴지지 않는다. 20대에는 철이 들지 않았어도 '어리다'는 가면 뒤에 숨어 면죄부를 받을 수 있었지만, 이제는 빼도 박도 못 하게 어른이 되었으니. 사실 세월의 흐름만큼 성숙해졌는지도 의문이다.

서른 살다운 거, 서른한 살다운 건 없다고 생각한다. 하지만 "쟤는 나이에 비해 어리다."는 말을 듣기는 싫다. 사소한 것에 화를 내거나, 별일 아닌 일에 삐진다거나, 금세 시무룩해진다거나 하는 일로는 절대. 불과 몇 년 전의 나를 돌아보면 어른스럽지 못했다고 느끼는 순간이 많다. 그래서 지금 더욱더 어른스럽게 행동하려고 하는 것 같다.

하루하루 세월은 가고, 한 살 두 살 나이는 먹어 가는데 나는 그 속도만큼 어른스러워지고 있는 걸까. 그 속도를 따라잡고 싶어 좀 더 차분해지고, 좀 더 생각을 깊게 하고, 일희일비하지 않으려고 노력은 한다만… 과연 이 속도가 더디지는 않은 건지 궁금하기도 하다.

순간의 노래

순간의 감정에 딱 어울리는 노래가 있다.
그런 노래를 들을 때면 나도 모르게 빠져든다.

감정은 너무나도 다양하고 시도 때도 없이 변해서
듣고 싶은 노래가 시시각각 변한다.

오늘은 차분하고 조용한 노래를 듣고 있지만,
내일은 신나고 경쾌한 노래를 듣게 되기를.

출근할 때, 차를 타고 가다가, 운동할 때, 그냥 방에서. 하루의 BGM을 선곡하는 일은 일상이 되어 버렸다.

그때그때 선곡하는 음악은 매번 다르다. 오늘은 어떤 노래를 들을지 고민하는 순간이 가장 행복하다. 조금 신난다 싶으면 발랄한 노래, 기분이 좀 다운된다 싶으면 조용한 발라드. 가사조차 거슬릴 만큼 예민한 날이면 잔잔한 재즈 클래식.

요새 듣는 노래는 주로 조용한 노래들이 많다. 변주곡이 없는 건조한 일상은 언제까지 계속될까.

조만간 신나고 흥 나는 노래를 들을 날이 오기를.

나를 설명하는 단어

나를 설명하는 단어는 무엇일까.

내 직업과
직무와
직장이
나를 설명하는 것이 아니라

내 이름
세 글자가
나를 설명하게 하자.

회사에 들어와 보니 이름 세 글자보다 회사, 소속 부서, 직책이 더 큰 의미를 갖는 경우가 많다. 회사 밖에서 업무 미팅을 할 때면 이런 생각이 들곤 한다. 사람들이 맞이하는 대상은 '김이현'이 아니라 'LG전자 마케팅 팀'이라는 생각.

상호 간에 필요한 것이 있기 때문에 업무적으로 미팅을 하는 것이니, 회사 타이틀이 없다면 나는 이들에게 아무 쓸모없는 개인에 지나지 않을 것이다.

큰 행사에 가서도 마찬가지. '김이현'은 입장할 수 없지만, 'LG전자 마케팅 팀'은 입장할 수가 있다. 사람들과 얼굴을 마주 보며 인사하고 명함을 건네지만, 명함 속엔 '김이현'이라는 이름 세 글자보다 'LG전자 마케팅 팀'이라는 수식이 더 중요하다. 그들에게는 이름 세 글자가 '김이현'이든 '박이현'이든 아무럼 상관이 없다. 회사 안에서도 마찬가지다. 나를 대신해 업무를 할 사람은 많고, 빈자리에 누가 앉아도 회사는 돌아갈 것이다. 그렇게 업무는 계속 진행되겠지.

회사 일로 '김이현'을 말하기 위해서는 'LG전자 마케팅 팀'을 수식어로 붙여야 한다. 만약 그 타이틀을 벗어던진다면 "김이현이 누구야?"라고 물었을 때 대답은 "…"가 될 것이다. 아무 말 못 하는 것이다.

사실 대부분의 회사원들이 모두 같을 것이다. 자신을 설명하는 건 이름 세 글자여야 하는데, 몸담고 있는 회사와 부서와 직함으로만 설명하고 있으니.
회사의 직함으로 나를 설명하는 것이 아니라, 이름으로 나를 설명하기 위해 어디서든 끊임없이 나를 찾아가려고 노력하는 것 같다. 회사원 1, 회사원 2가 아니라 '내 이름'으로 살아가는 것. 회사 배지 뒤에 숨어 있는 내가 아니라, 나 자신으로 존재하는 내가 되고 싶어 이토록 노력하고 있는지도.

비교하지 말자

다른 사람과 비교하지 말자.

단지 '지금 최선을 다하고 있는가?' 만 생각하자.

나중에 '좀 더 열심히 할걸.' 하는 후회가 없도록.

1년 뒤의 자신에게 떳떳한 지금이 되자.

수능 보는 친구들에게 가장 많이 건넨 말이다. 지난 인생을 돌이켜 볼 때 가장 후회되는 순간은 남들보다 뒤처졌던 때도 아니고 남들보다 못했던 때도 아니다. 바로 최선을 다하지 않았을 때였다.

남들보다 성적이 안 나온다거나, 남들보다 진도가 느린 건 전혀 다그칠 일이 아니다. 그럴 수도 있다. 잘못한 게 아니다. 그런 경우는 나중에 후회도 비교적 적은 편이다.

문제는 자신이 충분히 해낼 수 있는 일을 제대로 하지 않았을 때다. 적당히 위기를 넘길 수 있을 정도로만 일을 했다가 훗날 원하는 결과를 받지 못하면 뒤늦게 후회하곤 했다.

남과 비교했을 때의 자신보다는, 1년 뒤의 자신을 생각하면서 현재를 보내야겠다. 미래의 내가 과거의 나를 원망하지 않으려면, 지금 할 수 있는 최대한의 노력을 해서 떳떳한 현재를 만들어야겠다.

방법을 모르겠다면

목적지가 분명하면 방향이 보이고

방향이 분명하면 방법이 보인다.

종종 주변 친구들이 이런 이야기를 할 때가 있다.

"무엇을 해야 하는지 모르겠어. 내가 지금 하고 있는 일이 맞는지도 잘 모르겠어. 잘하고 있는 걸까."

이런 고민을 들으면 가장 먼저 던지는 질문은 "너의 목표가 뭐야?"다. 먼저 삶의 목표가 명확해져야 무엇을 해야 하는지 방향이 보이고, 그 방향에 맞춰 주변의 상황을 하나씩 맞춰 갈 수 있기 때문이다.

내게도 가끔 이런 순간이 있다. 일하다가, 운전하다가, 혹은 집에서 쉬다가 문득 어떤 생각이 떠오를 때. 머릿속을 지배하는 것처럼 자꾸만 떠오르는 생각 때문에 현재에 집중하지 못하게 되는 순간이. 목에 걸린 가시처럼, 다른 음식을 넘기려 해도 자꾸 따끔거리면서 나를 아프게 한다. 그럴 때는 생각한다. '지금 이 생각이 내가 가고자 하는 방향이랑 맞는 걸까?', '목적지에 도달하는 데에 도움이 되는 생각일까?' 곰곰이 생각해 보면 답이 나오곤 한다. 한 가지 일에 매몰되어 있으면 자의와는 상관없이 계속 떠오르는 생각 때문에 심란해지는데, 이렇게 한 가지라도 일침을 가하면 답이 나오는 경우가 많다.

지금 어떤 생각에 사로잡혀 있다면, 그 생각 때문에 많은 시간과 에너지를 쏟고 있다면 잠시 멈추고 고민하는 시간을 가져 보자. 머릿속을 사로잡은 생각들이 과연 내가 가고자 하는 목적지와 맞는 방향인지를.

이것 역시 현재를 낭비하지 않는 방법 중 하나이다. 삶의 목표라는 게 꼭 인생의 성공, 부의 성취처럼 거창한 것이 아니라 '행복'일 수도 있으니. 지금 당장 답을 낼 수도 없는 생각 때문에 현재에 집중하지 못한다면 이건 삶의 목표, 즉 행복에 맞지 않는 것이다. 언제나 이 목적지를 떠올리면 방향이 보일 것이다. 이때의 방향은 당장 해결할 수 없는 부정적인 생각에 사로잡히지 않고, 건강하고 밝은 생각만 하는 것일 테다. 그러려면 지금 내가 사로잡혀 있는 고민으로부터 벗어나야 한다는 결론이 나온다. 이런 과정을 거치고 나면 마음도 조금 더 편해지는 기분이다.

이렇게 낭비를 또 하나 줄여 보아야겠다.

후회 말고

지금,

과거를 후회하지 말고

미래,

지금을 후회하지 않게 살자.

후회하지 말자는 다짐은 하루에도 수없이 많이 한다.
이미 지나가 버린 과거에 발이 묶이면, 현재라는 플레
이 그라운드에서 맘껏 뛰놀지 못하니까.

후회하지 말자는 다짐만큼 중요한 말이 또 있다.
'미래에 지금을 후회하지 않게 살자.'
언젠가 찾아올 미래에 지금을 후회하지 않기 위해서는
현재를 잘 살아 내는 것도 중요하다.
지금을 후회하지 않게, 잘 살피면서. 지금의 행동과 지
금의 선택과 지금의 생각을 하나씩 차근차근 밀도 있
게 살펴보면서 말이다.

혹여나 나중에 후회하지 않도록.

나로 살아가자

나로 살아가자.

단단하게 매듭지어
흩어지지 않는.

우리는 수많은 관계와 실타래처럼 엉켜 살아간다.

아들, 딸, 대리, 과장, 남친, 여친, 오빠, 동생…

관계를 결속하고 있는 너무나도 많은 역할 속에서, 우리는 자신을 잃어버리고 있는지도 모른다.
관계와 역할을 유지하기 위해 자신을 잃지 않을 것. 엉킨 실타래 속에서 자신을 잃지 않기 위해 '나'로 매듭지어 굳건하게 자신을 지킬 것.

그것이 중요하지 않을까 싶다.

오늘, 그리고 내일

어제보다 나아진

오늘,

오늘보다 나아질

내일.

가끔 힘든 일이 찾아올 때면 생각한다. 오늘은 이만큼 힘들지만, 한숨 자고 일어나 내일이 되면 조금 괜찮아질 거라고. 왜냐하면 전에도 그랬으니까.

당시에는 머리 싸매고 고민했던 일들도, 시간이 지나면 괜찮아지곤 했다. 그런 경험은 이제 충분히 쌓일 만큼 쌓였다.

**오늘은 어제보다 나아졌으니,
내일은 오늘보다 더 나아지지 않을까.**

조급해하지 말자

조급해하지 말자.

그렇다고
너무 나태해지지도 말고.

일이 마음처럼 술술 풀리지 않을 때면 왠지 모르게 조급해지기 마련이다. 게다가 나는 성격이 급한 편이라, 성과가 빨리빨리 나오지 않으면 안달이 난다. 그럴 때면 발을 동동 구르다가도 이내 마인드 컨트롤을 시작한다.

'조급해하지 말자, 인생은 기니까.'

물론, 마냥 이런 생각을 갖고만 있는 것도 경계해야 한다. 적당한 조급함은 사람을 성장시키기도 하니까. 이것도 하고 저것도 하고 잔잔한 도전을 거쳐 오면서 삶의 변주곡을 만들어 왔으니.
너무 조급해하지도, 너무 나태해지지도 말아야겠다.
적당한 중간 지점을 찾아 그 사이에서 삶을 채워 가야겠다.

중요한 질문

살다가 가끔

스스로에게 던져 봐야 하는

질문 두 가지.

1. 내가 진짜로 원하는 게 뭘까?

2. 내가 정말로 해야 하는 것은 무엇일까?

지금 하고 있는 일이 맞는 건지 의문이 든다면, 혹은 무엇을 해야 할지 갈피를 잡지 못하겠다면 먼저 생각해 봐야 하는 것이 있다.

'내가 진짜로 원하는 게 뭘까. 인생의 목적지는 무엇이고, 삶의 목표는 무엇인가.'

이때의 목적지는 거창한 게 아니어도 좋다. 직장에서의 성공이나 돈을 많이 버는 것이 될 수도 있겠지만 행복이 될 수도, 여유로운 삶이 될 수도, 사랑하는 사람과 안정적으로 사는 것이 될 수도 있다.

지금 하는 일이 낭비가 되지 않도록 하기 위해서는 우선 가고자 하는 목적지가 어디인지, 어느 방향으로 가야 하는지, 그곳으로 가는 방법이 무엇인지를 살펴봐야 한다. 마음이 종종거리며 방황할 땐 삶의 목적지를 정해 보자. 그러면 어떻게 살아가야 할지 방향이 보이기 시작한다.

그래야 멀리 돌아가지 않고, 돌아가느라 시간과 체력을 낭비하지 않으며 힘차게 걸어갈 수 있을 테니까.

희석

시간에 희석되어 점점 옅어지겠지.

수평선 너머로 사라져 버린 줄만 알았던 태양도
아침처럼 다시 떠오를 거고.

혼탁한 물이 담긴 컵이 있다. 희뿌연 물 때문에 안이 투명하지는 않아 보인다. 여기에 맑은 물을 계속 넣다 보면 혼탁함도 점점 옅어진다.

마음도 마찬가지다. 지금은 어지럽고 희뿌옇다. 그래도 시간이라는 맑은 물을 계속 넣다 보면 혼탁했던 마음도 점점 희석될 것이다.

많은 양의 맑은 물을 한꺼번에 때려 부을 수는 없어도, 언제나 내일은 온다. 그렇게 시간이 흐르면 마음도 옅어질 테니, 괜찮아질 거란 믿음만 가지면 되지 않을까.

지금은 하늘에서 빛나던 해가 수평선 너머로 사라져 버린 것 같지만, 그래서 짙은 어둠 속에서 어디로 가야 할지 막막하기만 하지만, 괜찮다.

어둠은 영원하지 않을 거고,
내일이 오면 다시 해가 뜰 테니까.
아침처럼 밝게 떠오를 테니까.

덧대지 말자

과거에 대한 후회와
미래에 대한 두려움으로
현재를 덧대지 말자.

메꾸지 않아도
충분히 아름다운 지금을 살자.

우리는 종종 현재에서 빈 구멍들을 발견한다. 그 구멍들을 보며 한숨에 빠지기 일쑤다.

지금의 구멍 숭숭 뚫린 허전한 마음을 들여다보고 있으면 과거에 대한 후회가 맴돈다. 동시에 미래에 대한 두려움도 엄습한다.

과거를 후회해 봤자 바뀌는 것은 없다. 실수를 저질렀다면 다시는 그것을 반복하지 말자는 다짐만 남기면 될 뿐이다. 후회는 현재를 살아가는 데에 아무 도움도 되지 않는 것 같으니. 적어도 나는 그렇게 느낀다.

동시에 미래를 걱정하기만 하는 것도 현재를 충분히 살아 내는 데에 걸림돌이 될 수 있다. 과거에 대한 후회와 미래에 대한 두려움으로 현재의 구멍을 덧대려한다고 그 구멍들이 완전히 메워질까. 그 구멍을 메우려다 또 다른 구멍이 생기는 건 아닐까.

내버려 두자, 그냥.
과거에 대한 후회로부터,
미래에 대한 두려움으로부터 자유롭게.
그리고 충분히 아름다운 현재를 살자.

조명

어지러운 상황에서는 잠시 생각을 꺼 두자.

내 주변에만

핀라이트 조명을 켜고

집중을 해 보는 시간이 필요하다.

방이 어질러져 있다. 치우기는 귀찮고 사실 치울 기력도 없다. 불을 끄고 침대에만 빛이 닿게 스탠드 조명 하나만 덩그러니 켜 놨다.

그렇게 하니 어질러진 방은 보이지 않았고, 내 주변만 밝게 빛났다.

때론 우리의 삶도 이렇게 보아야 하는 게 아닐까. 몰두할 것이 생기면 그 밖의 것들은 신경 쓸 겨를이 없다. 지금 가장 신경을 쏟고 있는 걱정들을 시답지 않은 것으로 만들어 버리는 것. 뭔가로 끙끙 앓고 있을 때, 이 방법은 좋은 해결책이 될 수 있다.

중요하지 않은 것엔 생각을 끄도록 하자. 좀 더 자신을 위한 것, 자신에게 중요한 것, 자신의 건설적인 미래를 위한 것에만 불을 켜 두자.

맑은 물

내일은 맑은 물.

하루가 지나고 새로운 아침이 밝아 오면 맑은 물을 한 컵 붓는 느낌이다. 어젯밤에 잠 못 이루며 뒤척이게 만들었던 일들도, 하룻밤 지나고 아침이 되면 조금 옅어진 적이 많다.

하루가 지날수록 혼탁했던 물에 깨끗한 물이 한 잔 한 잔 더해지며, 희석되어 간다.

그렇게 맑아져 간다.

순간을 아이스크림처럼

순간의 행복이 온다면 놓치지 말아야겠다.

녹아 없어지기 전에,

바로 즐겨야겠다.

달콤한 초콜릿 아이스크림을 먹으며 생각한다. 바로 먹으니 맛있는 거라고. 아껴 두려고 오래 가지고 있다 간 다 녹아 없어질 것이다.

행복도 마찬가지.
순간의 행복이 다가왔을 때, 바로바로 즐겨야 한다.

시간이 지나, 색이 바래고 흩어지기 전에.

보이지 않는 울타리

부정적이고 불안한 감정은
신경을 쓸수록 더 커지기 마련이다.

'이 시기도 조금만 있으면 지나가겠지.' 하고

그런 생각과 감정들이
자기들끼리 뛰어놀게 놔둬야겠다.

후회, 아쉬움, 걱정, 두려움 같은 감정은 끝이 없다. 아무리 퍼내도 바닥이 보이지 않는 화수분처럼. 이 정도 했으면 사라질 때도 된 것 같은데, 어쩐 일인지 생각을 하면 할수록 더욱 부풀어 오른다.

그럴 때면 이렇게 생각하려고 한다. 부정적인 생각을 할수록 우울한 감정만 지속될 뿐이라고. 억지로 그런 생각과 감정을 외면하려고 해 봤자 나만 더 괴로우니, 지금은 그냥 생각이 맘껏 뛰어놀게 놔둬야겠다.

어차피 시간이 지나면 사라질 것에 마음 쓰지 않게.

시도

시도하지 않는 것보다 더 무서운 것은

시도했다고 착각하는 것.

모든 시도는 그 자체만으로도 충분히 의미가 있다. 그 시도가 성공하든 실패하든, 결과는 상관없다. 진짜 실패는 아무것도 하지 않는 것이다.

의미 없는 시도는 없다.
다만 더 무서운 건,
시도했다고 착각하는 것이다.

무엇이 옳은지

어렸을 때는 보통
내 감정에 솔직한 게 정답이었는데,

이젠
내 감정에 솔직한 게
오답일 때가 많은 것 같다.

어렸을 때는 고민거리가 생겨도 내 감정을 들여다보지 못했던 적이 많았다. 남이 나를 어떻게 생각하는지, 내가 어떻게 보이는지를 살피느라 정작 중요한 것을 놓치곤 했다. 그러다 보니 어느 순간에는 깨달았다. 다른 외부적인 것을 신경 쓸 때가 아닌, 자신을 정면으로 들여다보고 감정과 솔직하게 마주할 때 내렸던 결단이 정답이었음을.

남들이 어떻게 생각하는지 걱정하는 것보다, 환경과 주변 조건이 어떤지 따지는 것보다, '나'를 우선순위에 두고 중심으로 여겼을 때 내린 결정이 옳은 결정이었음을 말이다.

하지만 시간이 또다시 흐르고 나니, 그것이 마냥 정답은 아니었던 것 같다. 감정만을 따라가며 내린 판단은 어쩌면 타인들에게 이기적인 결정이었을지도 모른다는 걸 깨달았기에.

아직 정답을 모르겠다. 무엇이 옳은지. 이렇게 정답을 찾아가는 게 진짜 어른이 되어 가는 과정인 걸까.

일기 1

오늘 슬펐던 일,

아쉬웠던 일,

서운했던 일,

후회되는 일들은

일기 속에 담아 놓고

가벼운 마음으로 잠에 들자.

시간이 지난 뒤 일기를 다시 꺼내어 보면

그때의 감정들은 노트 한 페이지에 박제된 채

추억의 한 조각으로 남을 테니까.

내 방에 있는 책장 한편에는 그간 써 왔던 일기장들이 빼곡하게 꽂혀 있다. '옛날의 지금'은, '지금의 옛날'이 된 채 박물관 유물처럼 놓여 있다.

가끔 한가로운 주말에 얌전히 꽂힌 일기장이 문득 생각날 때면 몇 권을 골라 페이지를 들춰 본다. 아무것도 아니었던 사소한 일부터, 그 당시에는 정말 절망적이었던 일들, 나름 인생의 중요한 기로에 서서 어떻게 할까 고민했던 흔적까지. 지금 돌아보면 어떤 날은 낯부끄럽고, 또 어떤 날은 참 가관이었다.

당시에는 애처롭고, 고민되고, 슬프고, 절망스럽고, 기쁘고, 환희에 젖고, 신기했던 엄청난 일들이었다. 하지만 지금 다시 들춰 본 그날의 감정은 노트 위 글자만큼이나 작게 느껴진다. 그때의 감정이 글자로 치환된 채 일기 속에만 누워 있는 것이다.

지금의 일도 마찬가지다. 현재 나를 사로잡고 있는 불안과 우울, 기분 나빴던 일, 좋았던 일, 걱정되는 일, 후회되는 일들을 일기에 담았다가 먼 훗날 들춰 보면 이 또한 별일이 아니게 될 것이다.

그렇게 생각하니 어깨를 짓누르고 있는 감정의 무게

가 좀 더 가벼워지는 것 같다. 일기에 털어놓고 잠들면
조금 개운하겠지.

지금의 내가 옛날의 나를 바라본다.
먼 미래의 나는 지금의 나를 어떻게 바라볼까 상상하며.

일기 2

일기를 쓴다는 건 그런 것이다.

책에서 마음에 드는 구절을 봤을 때
한 귀퉁이 접어 두는 거.

삶에서 잊고 싶지 않은 순간이 왔을 때
일기에 담아 놓고

이따금씩
꺼내 보는 것 말이다.

기억력이 안 좋다는 건 아픔을 금방 잊을 수 있어 다행일 때도 있지만, 반대로 아쉬울 때도 있다.

기쁜 일이 일어났을 때는 순간의 환희를 그대로 안고 가고 싶으니까. 그러면서도 곧 있으면 이 감흥도 무뎌지고 기억에서 사라져 버릴 거라는 생각에 시무룩해지곤 한다.

순간을 기억하는 가장 좋은 방법은 사진이다.

인증샷이 유행하는 시대인 만큼, 좋은 일이 있으면 그 느낌을 충만하게 담아 사진으로 남긴다. 나중에 그 사진을 보며 그때의 감정을 다시 느낄 수 있게.

또 하나의 좋은 방법은 일기다. 사진에 담지 못한 감정을 서사로 풀어내는 것 또한 순간을 기록하기 좋다. 오늘 어떤 일을 겪었고, 그로 인해 어떤 기분을 느꼈는지 사건과 감정을 동시에 서술하는 것이다.

예를 들어 이런 일들이 있겠다. 학창 시절 성적이 잘 나와 칭찬을 받았을 때나, 대학 시절 교환 학생을 하며 겪었던 새롭고 신선한 경험 등. 친구들과 같은 고생을 하며 준비한 공모전에 당선되어 기뻤던 일, 준비 과정에서 의견 차이도 많았고 제출 전 3일을 꼬박 밤새워 힘들었지만 막상 수상 소식을 들으니 하늘을 날아다니는 것처럼 행복했던 느낌. 호감을 갖고 있었던 남자아이가 알고 보니 나를 좋아하고 있었다는 사실을 알고 '어떻게 이럴 수가!' 하며 놀라움을 금치 못했던 당시의 감정. 단지 주어진 일만 열심히 했을 뿐인데, 생각보다 놀라운 성과를 거두어 칭찬과 인센티브를 받았을 때의 그 얼떨떨한 기분.

매일이 기쁨과 황홀의 연속이었다면 이런 사소한 일은 써도 그만, 안 써도 그만이었을 테다. 하지만 일생에 항상 아름다운 순간만 존재하지는 않기에, 건빵을 먹다가 별사탕을 발견하는 것처럼 가끔 찾아오는 행복의 순간들을 꼭 기록으로 남겨 두고 싶다.

사진과 일기로 남기지 않은 순간의 행복은 기억 저편으로 사라져 버릴 것이다. 행복을 느낀 바로 그 순간은 정말 소중한데도 말이다.

다음 페이지는

나의 어제는 갖은 일로 빼곡하다.

어쨌든 페이지를 넘겨
새로운 것들로 채워 가야겠지.

다음 페이지에는 어떤 일들이 일어날까.

지난해를 연말 정산해 보니 1월부터 12월까지 갖은 일로 빼곡하다. 당시엔 쓰라렸던 것들도 이제 와 돌아보니 언제 그랬냐는 듯, 아픔은 싹 가신 채 아득한 흉터로만 남아 있다.

**이제 작은 흠집들은 기억 아래에 덮어 놓고
새로운 마음으로 다음 해의 페이지를 넘겨야겠다.**

새해 결심

연초에 넣은 결심은

싱싱했으나,

연말이 되니

이제는 허옇게 시들어 버렸다.

연말이 되어 그동안 냉장고 구석에 넣어 둔 채 잊고 있었던 것들을 하나씩 꺼내어 본다. '언젠간 꺼내 먹어야지.' 하고 잘 포장해 넣어 두었지만, 시간이 지나면서 잊어버린 음식처럼.

연초에 결심했을 땐 싱싱했던 약속과 다짐 중 몇몇은 어느새 허옇게 시들어 버린 채 연말이 되어서야 아쉬움으로 꺼내진다.

추억이 담긴 물건

추억이 담겨 있는 물건은
예민한 촉각을 가지고 있다.

시선이 살짝만 닿아도
그 속에 담긴 기억들이
뿜어져 나오니.

내 책상 위엔 빨간 연필꽂이가 하나 놓여 있다. 평소에는 잘 들여다보지 않고, 가끔 연필이나 펜을 정리할 때에만 만지게 되는 물건이다.

밤이 깊은 어느 날, 책을 보다가 잠시 허공에 시선을 두고 생각에 잠길 때가 있다. 그럴 때마다 나도 모르게 흘러내리는 시선은 종종 빨간 연필꽂이에 가닿는다. 시선이 닿은 빨간 연필꽂이로부터 그간 조용히 담겨 있었던 추억들이 뿜어져 나왔다.

초등학교 6학년 무렵, 가족끼리 미국 동부 여행을 갔었다. 그 시절 미국에 살았던 이모 댁을 방문할 겸 떠난 여행이었다. 지금은 세상을 떠나신 외할아버지, 그리고 건강이 여의치 않아 먼 거리를 여행하실 수 없는 외할머니의 손을 잡고 다녀온 여행이기에 아직까지도 아련하고 아득한 추억으로 남아 있다. 한 번쯤은 다시 돌아가서 당시의 행복함을 느끼고 싶은 그런 추억.

여행 당시 방문했던 메트로폴리탄 박물관은 우리나라와 스케일부터가 달랐다. 분위기도 달랐던 것 같다. 정확한 장면은 기억나지 않지만, 초등학생에 불과했던 나는 미국의 모든 것이 신기했다. 메트로폴리탄 박물관을 떠나기 전, 그곳에서의 경험과 느낌을 오래도록 간직하기 위해 뭐라도 기념으로 남기고 싶었다. 그때 발견한 것이 바로 지금 책상 위를 지키고 있는 빨간 연필꽂이다. 당시에는 부랴부랴 사서 한국으로 챙겨 온 기념품 중 하나였을 뿐이었는데, 여태까지 책상 위에 굳건하게 자리 잡고 있는 걸 보면 참 기특하다.

만약 저 연필꽂이를 사 오지 않았더라면 지금처럼 현재를 살다가 문득 추억을 상기할 수 있는 매개체가 없었을 것이다. 만약 저 연필꽂이가 없었다면 그때의 아름다운 추억들은 영영 과거에 묻힌 채 잊혔겠지.

추억이 담긴 물건은 예민한 촉각을 가지고 있다. 내 곁에 이런 물건들을 많이 만들고 싶다. 소중한 기억과 값진 추억을 기억 너머로 사라지게 하는 것만큼 아쉬운 낭비는 없을 테니.

순간의 사진

순간의 환희를 담은 사진은

언제든지
그 순간으로 돌아갈 수 있는
문이 된다.

앙코르와트 사원의 일출을 볼 때의 이야기다.

친구와 함께 카페에서 이야기를 나누던 도중 튀어나온 "앙코르와트 일출 보고 싶다."라는 한 마디에 무턱대고 결정한 캄보디아 여행. 저 한 마디 때문에, 단지 앙코르와트 일출 하나 때문에 두 여인은 캄보디아 여행길에 올랐다.

일출을 보러 온 여행이니만큼, 동트기 한참 전부터 부산히 준비해 새벽 네 시쯤 호텔 방을 나섰다. 전날 예약해 둔 툭툭(동남아시아의 택시 같은 이동 수단) 아저씨와 함께 앙코르와트 사원으로 쉼 없이 달렸다. 밤이 깊어 모든 것이 어두웠지만, 곧 다가올 일출에 대한 기대감을 한껏 품은 우리 둘의 마음만은 빛으로 가득했다.

얼마나 달렸을까, 우리는 드디어 일출을 보기 좋다는 호수 언저리에 도착했다. 수많은 관광객이 장엄한 경관을 보기 위해 새벽부터 이곳저곳에서 모여들었다. 동틀 무렵이 되자 여행객 무리는 너도나도 카메라를 들고 사진 찍기에 여념이 없었다.

저 멀리부터 스멀스멀 올라오는 여명에 앙코르와트 사원도 실루엣을 어스름하게 드러냈다. 형언할 수 없을 정도로 아름다운 광경이 펼쳐졌다.

말문이 턱 막힐 만큼 벅차오르는 장면이었다. 보라색, 주황색, 불그스름한 색, 그 어떤 색으로도 표현할 수 없는 은은한 빛이 그라데이션처럼 하늘을 뒤덮었다. 시시각각 하늘이 변해 가며 팔레트처럼 물들었다.

처음엔 어렴풋하게 실루엣만 보였던 앙코르와트 사원은 천천히 모습을 드러내면서 사람들에게 기대감을 안겨 주었다. 오랜만에 보는 연인이 저기 어둠 속에서 걸어오는 것처럼 보일 듯 말 듯 애를 태웠다.

처음엔 깜깜해서 아무것도 없는 줄만 알았던 사원 앞 호수는 '나는 언제나 여기에 있었다.'라고 무심하게 존재감을 드러내듯, 서서히 앙코르와트를 비추기 시작했다. 호수 위에 대칭으로 비치는 사원의 모습을 보고 있으려니 새로운 존재를 만나는 것 같았다. 평소 사람들은 지상의 진짜 모습만 보지만, 그 이면에는 사실 정반대의 모습도 숨겨져 있다는 것을 알려 주는 것처럼 말이다.

순간 생각했다. 이렇게 멋진 장관을 두 눈이 아닌 카메라 렌즈로 바라보는 게 옳은 걸까. 이 감격스러운 순간을 온전히 즐기기만 하는 것은 어떨까.

하지만 곧 고개를 저었다. 지금 이 순간의 감정을 훗날 두고두고 꺼내 느끼려면, 일단 사진에 담아야겠다고. 물론 지금 카메라 렌즈 대신 두 눈으로 보는 것이 이 순간을, 이 광경을 조금 더 온전하게 즐기는 것일지도 모르겠다. 다만 일상생활로 돌아간 후 지치고 힘든 일을 마주하게 되는 순간에 지금 찍은 사진을 다시 꺼내어 보고 싶었다. 지금 느끼는 황홀과 감동도 다시금 살아 오를 수 있을 테니.

그렇게 사진을 꺼내어 보면, 카메라를 들고 있었던 순간의 환희 속으로 들어갈 수 있을 것이라고 믿으면서. 그 감동을 포착한 사진은 언제든지 그 순간으로 돌아갈 수 있는 '문'이 될 것이라 기대하면서.

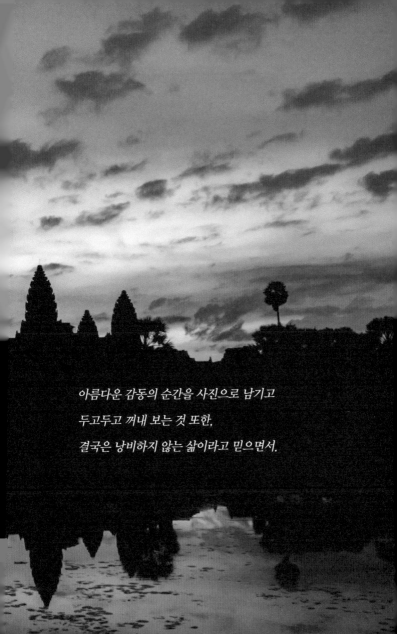

아름다운 감동의 순간을 사진으로 남기고

두고두고 꺼내 보는 것 또한,

결국은 낭비하지 않는 삶이라고 믿으면서.

특별 부록

___
낭비하지 않는 오늘을, 감정을, 자신을 위한 페이지입니다.

어쩌면 별거 아닌 일들에
아파했는지도 몰라요
부디 그런 날이 오면
펼쳐 보세요

낭비하지 않겠습니다 오늘을

Q. 오늘,
당신의 발목을
잡은 고민이
있었다면?

_____

_____

_____

_____

_____

_____

_____

_____

_____

_____

낭비하지 않겠습니다 감정을

Q. 감정이
흔들리는 날,
나를 일으키는
것은?

_____

_____

_____

_____

_____

_____

_____

_____

_____

_____

낭비하지 않겠습니다 자신을

Q. 하루를
살아 내느라
수고한 자신에게
한마디?

_____

_____

_____

_____

_____

_____

_____

_____

_____

_____

오늘을, 감정을, 자신을
낭비하지 않겠습니다

초판 1쇄 인쇄 2019년 6월 15일
초판 1쇄 발행 2019년 6월 25일

지은이 김이현
펴낸이 안종남

펴낸 곳 지식인하우스
출판등록 2011년 3월 31일 제 2011-000058호
주소 04035 서울시 마포구 양화로7길 55(서교동) 신양빌딩 201호
전화 02)6082-1070
팩스 02)6082-1035
전자우편 jsinbook@naver.com
블로그 blog.naver.com/jsinbook
인스타그램 @jsinbook

ISBN 979-11-85959-83-2 03810